Raul Drewnick

UM INIMIGO EM CADA ESQUINA

Série Vaga-Lume

editora ática

Este livro apresenta o mesmo texto das edições anteriores

Um inimigo em cada esquina

Editor	Fernando Paixão
Assessora editorial	Carmen Lucia Campos
Preparadora	Lizete Machado Zan
Coordenadora de revisão	Ivany Picasso Batista
Revisora	Cátia de Almeida

ARTE

Editor	Ary A. Normanha
Ilustrações	Daniel Munhoz
Editoração eletrônica	Antonio U. Domiencio

CIP-BRASIL. CATALOGAÇÃO NA FONTE
SINDICATO NACIONAL DOS EDITORES DE LIVROS, RJ

D832i
6.ed.

Drewnick, Raul, 1938-
Um inimigo em cada esquina / Raul Drewnick ; ilustrações Daniel Munhoz. - 6.ed. - São Paulo : Ática, 2000.
96p. : il. - (Vaga-Lume)

Contém suplemento de leitura
ISBN 978-85-08-04649-2

1. Literatura infantojuvenil brasileira. I. Munhoz, Daniel. II. Título. III. Série.

10-2520. CDD: 028.5
CDU: 087.5

ISBN 978 85 08 04649-2

CL: 731388
CAE: 232234
Cód. da OP: 279502

2025
6ª edição
24ª impressão
Impressão e acabamento: Forma Certa Gráfica Digital

Avenida das Nações Unidas, 7221 – CEP 05425-902 – São Paulo, SP
Atendimento ao cliente: 4003-3061 – atendimento@aticascipione.com.br
www.coletivoleitor.com.br

A ESPERANÇA DE SER FELIZ

Bifinho, Sujinho, Simpa e Gorducho fugiram de casa e agora perambulam pelas ruas do centro de São Paulo à procura de uma vida mais feliz. Será que esse sonho pode virar realidade?

Para sobreviver, os garotos cometem pequenos furtos, às vezes se metem em confusões, e sempre acabam encontrando um inimigo em cada esquina. Mas, com amizade e união, eles conseguem enfrentar a dureza do dia a dia, sem deixar de lado a ternura e o bom humor.

Você com certeza vai se emocionar com a história desses quatro amigos que descobrem em meio à violência das ruas a solidariedade e a esperança de ser feliz.

CONHECENDO **RAUL DREWNICK**

Escrever histórias a partir dos pequenos e grandes detalhes que observa a sua volta é o que Raul Drewnick mais gosta de fazer. E isso ele vem fazendo há muito tempo como cronista de revistas e jornais. Foi essa experiência que ele usou para criar este seu primeiro livro para o público juvenil.

Raul nasceu em São Paulo em 1938 e já na infância morria de vontade de inventar histórias empolgantes como aquelas de Monteiro Lobato que ele lia com tanto prazer. Fanático por futebol, pensou ainda em ser jogador profissional, mas acabou mesmo sendo um grande escritor.

S U M Á R I O

Raul Drewnick

UM INIMIGO EM CADA ESQUINA

1 ■ NO MEIO DO CAMINHO HAVIA UMA BOLA

Duda saiu da padaria assobiando. Cada nota que soprava ia formando uma fumacinha em volta dos seus lábios. Não tinha motivo para estar feliz, mas sentia-se quase alegre naquela manhã gelada de setembro. As pessoas passavam reclamando:

— Droga de tempo! Está parecendo até inverno...

— O que você quer? São Paulo é assim mesmo.

— É verdade. Ô cidade maluca. Até o tempo é doido!

Duda poderia assobiar com mais entusiasmo ainda, se não estivesse descalço, se sua roupa não fosse tão fininha, se pelo menos pudesse pôr as mãos nos bolsos. Mas elas estavam ocupadas com uma garrafa e o pacote de pãezinhos. Eram seis — um para ele, outro para a mãe, outro para o padrasto, mais um para cada um dos seus famintos irmãozinhos.

Talvez por isso estivesse assobiando. Porque não era toda manhã que o mandavam buscar pão. O que a mãe ganhava fazendo faxina na vizinhança ou preparando docinhos para festas mal dava para o feijão e para o arroz. Isso quando o padrasto, que seria pedreiro se não vivesse bebendo, não revirava todo o barraco, procurando dinheiro.

Na véspera, a mãe tinha vendido algumas dúzias de quindins e brigadeiros. Por isso, além do pacote de pãezinhos, Duda levava, na outra mão, uma garrafa de aguardente. Naquele dia o padrasto não iria precisar fuçar em armários, mexer em gavetas, escarafunchar cada canto. Sua bebedeira estava garantida.

Mas os três irmãozinhos, esses iam reclamar, Duda tinha certeza. A fome deles só não era maior do que a sujeira. Não era à toa que tinham ficado conhecidos no bairro como os Três Porquinhos. Sempre sujos e sempre atrás de comida. Ele já imaginava a decepção de cada um, a cara de tristeza que fariam:

— Só um pãozinho pra mim? Que droga! — ia dizer Márcio, de sete anos, ia repetir Mário, de seis, ia confirmar Marcos, de cinco.

Antecipando a cena, ele pensou se não seria melhor comer logo o pão que lhe cabia, para evitar o olho comprido dos Três Porquinhos. Sempre assobiando, apressou o passo para espantar o frio.

Um homem que o conhecia olhou para ele, com pena. Ainda era um menino saudável, bonito até. Mas durante quanto tempo conservaria o brilho dos olhos azuis, o rosto franco, os bons dentes que o sorriso mostrava? O padrasto e a miséria logo iam fazer dele um rapaz amargo, sombrio, ressentido. Abanando a cabeça, o homem resmungou:

— Não tem jeito. As crianças são o pior drama do Brasil.

Quando Duda estava quase dobrando a esquina da sua casa, viu de repente, saltitante como um coelho, a bela bola branca. Vinha descendo a ladeira, na direção dele. Bateu num latão de lixo, rodopiou, perdeu um pouco o impulso, pareceu indecisa, mas retomou o rumo, ladeira abaixo.

Vinha de novo muito veloz e ia passar se ele, com habilidade, não a brecasse com o pé. Empolgado com o lance, Duda estava imaginando se um jogador profissional conseguiria parar assim aquela doida desembestada, quando ouviu:

— Chuta. Manda pra mim. Dá uma bicuda nela.

Olhando para cima, viu o garoto ruivo que morava num dos sobradinhos novos do alto da rua.

— Chuta. Manda pra cá — o menino insistiu.

Para a bola chegar até onde o ruivinho estava, o chute precisava ser bem-dado. Coisa de craque de seleção. Duda se concentrou, avaliou outra vez a distância e fez o que o garoto pedia: pumba, mandou um bico. Nem Pelé faria melhor. Um chutaço! Retinha, certinha, obediente, a bola subiu e foi parar bem no pé do menino, que aplaudiu e a chutou de novo para baixo:

— Aí! Beleza! Você é bom!

Ficaram naquilo, trocando passes um com o outro, com categoria, até que o ruivinho exagerou na força e Duda teve de sair da posição para aparar o chute. Foi aí que a coisa aconteceu. Até os maiores craques um dia pisam na bola. Ele sabia disso. Nessa manhã, chegou a vez dele. Num momento estava com a situação dominada. No instante seguinte viu-se de cara no chão, com os pãezinhos esparramados a uns cinco metros e a garrafa espatifada, exalando aquele cheiro de cachaça barata.

A primeira decepção provocada pela catástrofe foi futebolística. Não foi fácil aguentar as gargalhadas do ruivinho lá em cima. Era humilhação demais estar ali de quatro e ainda engolir o quá-quá-quá daquele desgraçado. Será que ele nunca tinha errado um chute? Quem ele pensava que era? O Pelé, por acaso?

Depois, aos poucos, Duda foi tomando consciência de uma desgraça maior. Recolher os pães não representou grande dificuldade. Só precisou tirar uns ciscos de um ou outro e enfiá-los novamente no saquinho.

De repente, Duda viu-se de cara no chão, com os pãezinhos esparramados e a garrafa espatifada.

Ninguém ia perceber nada. Mas a garrafa não tinha jeito, estava perdida. Não havia como juntar os cacos, nem como recuperar o líquido.

Já de pé, com o pacote refeito na mão, ele nem estava ligando mais para a gozação do ruivinho, que continuava a rir. Seu problema era muito maior. Não queria nem pensar no que ia acontecer quando chegasse em casa sem a garrafa. Tinha no corpo uma porção de marcas que o padrasto lhe havia feito por causa de erros menos graves do que aquele. Por qualquer coisinha o homem pegava a cinta e batia nele, nas costas, nos braços, nas pernas.

Sofria muito com aquilo — e sofria ainda mais quando pensava na mãe. Porque, como ela sempre dizia, também o pai dele, que tinha morrido quando ele estava com um ano, se entregava mais ao álcool do que ao trabalho, mais ao xingamento e à pancada do que à fala mansa e ao carinho. Era dose: escapar de um bêbado para cair na mão de um embriagado...

Recordando assim as desgraças familiares e já preparando o corpo para o castigo, ele virou a esquina rápido, mas ainda teve tempo de gozar sua vingança. O ruivinho, vendo que ele não ia buscar a bola no fim da ladeira, xingou com vontade:

— Cabeça de bagre! Perna de pau!

Assim que abriu a porta em casa, ouviu a voz pastosa do padrasto. Deitado no quarto, o único do barraco, ele exigiu:

— Abre a garrafa logo e traz aqui, seu molenga!

Duda pôs o pão em cima da mesa bamba, olhou para a mãe com ar de súplica e gaguejou:

— Eu... eu... não...

— Traz logo, lesma! Traz logo, traste!

— Eu... eu...

O padrasto tinha saído da cama e estava com os olhos fuzilantes espetados nele:

— Você não trouxe, animal?

— Eu... ela... quebrou.

— Ah, desgraçado! Você quebrou! Você quebrou! — berrou o padrasto, já com a temível cinta na mão.

A mãe correu e se colocou entre os dois, mas um empurrão a jogou longe. Duda ergueu então os braços, para proteger o rosto, e começou a sentir as lambadas ardidas que estalavam nos seus pulsos depois de zumbir sinistramente. Seus irmãozinhos abriram um berreiro e o padrasto ficou ainda mais irritado. Empurrou de novo a mulher que tentava defender o filho e trocou as pontas da cinta, pondo para bater no enteado a parte com a fivela. A primeira pancada fez um sulco vermelho no braço direito de Duda. A segunda rasgou o braço esquerdo. Quando a terceira lhe desenhou um talho na cara, ele desistiu de bancar o durão. Já com as lágrimas escorrendo pelo rosto e se misturando com o sangue, esquivou-se de mais duas ou três cintadas, correu abaixado para a porta e escapuliu para a rua, ouvindo a voz aflita da mãe:

— Duda! Volta! Volta, pelo amor de Deus!

Andou como cego durante uns trinta minutos, sem saber para onde ia. Mas já estava com a decisão tomada: nunca mais entraria naquele barraco amaldiçoado. Já sentia que ia ser muito difícil deixar de ver a mãe. Gostava demais dela. Gostava também dos irmãozinhos, embora fossem filhos daquele carrasco. Mas não pôr mais os pés lá era um juramento que ele pretendia respeitar.

Pedindo um auxílio aqui e ali, juntou o suficiente para uma passagem de ônibus e um bilhete de metrô. Uma hora e meia depois, estava na praça da Sé, bem no centro da cidade. Tinha ouvido falar que moravam por ali meninos como ele, que não podiam viver com a família ou não tinham família nenhuma.

Circulou um pouco pela área, estudando o ambiente, até ver, perto da catedral, um bando de garotos. Seu coração bateu apressado e, sorrindo, ele se aproximou.

2 ■ AQUI TAMBÉM EU NÃO POSSO FICAR

Quando chegou perto, Duda viu que os meninos estavam empenhados numa guerra de tapas. Divididos em dois grupos, perseguiam-se uns aos outros e estalavam a mão nas costas, no pescoço, na orelha, no rosto dos adversários. A algazarra armada com essa brincadeira era infernal.

— Pontapé não vale, filho de uma égua — gritou um deles, depois de ser confundido com bola por um dos perseguidores.

— Larga mão de choradeira, fresquinho — respondeu o outro, aproveitando para dar um pontapé caprichado no resmungão.

Enquanto esses dois discutiam, em outro canto se desenrolava uma cena hilariante. Um garoto grandalhão corria atrás de um baixinho muito rápido e mais escorregadio do que quiabo. Quando finalmente conseguiu se aproximar, preparou o tapa e vupt, soltou o braço com toda a força. Nesse exato instante o baixinho, arisco, gingou e desviou o rumo de sua corrida. O tapa pegou em cheio o vento e, perdendo o equilíbrio, o grandão se estatelou na calçada. A brincadeira parou por alguns segundos, para que os meninos pudessem comemorar com gostosas gargalhadas aquele espetáculo.

A vítima, ainda esparramada no chão, mostrou que era especialista em xingamentos. Com uma rapidez de fazer inveja a qualquer locutor esportivo, pronunciou com a boca cheia de ódio palavrões que, se escritos, dariam para encher uma folha de papel almaço. Isso só teve um efeito: cresceu a algazarra e aumentou a gozação. Os garotos não perdoavam o lance errado do companheiro.

— Olha aí a anta atolada — anunciou um.

— Você é burro mesmo, hem, Girafa? — gritou outro.

— A sua sorte, Girafa, é que você caiu de frente. Se cai de costas, não levanta daí nem com a ajuda de Deus — brincou mais um.

Quando o menino chamado Girafa se ergueu, a brincadeira se modificou um pouco. Enfurecido, ele se pôs a perseguir todos os outros, distribuindo pancadas à vontade. Um de seus tapas acertou o nariz de um pedestre empertigado, de terno e gravata, e jogou seus óculos longe. Vermelho como um tomate maduro, o homem ameaçou chamar a polícia. Os moleques nem ligaram:

— Chama, chama. Vai chamar. A polícia tá logo ali, ó.

Enquanto o homem se abaixava para recolher os óculos, o baixinho que havia derrubado Girafa resolveu acrescentar mais um à sua lista. Aproximou-se rapidamente e, com um empurrão, transformou o agachado em estendido.

Tudo isso estava sendo acompanhado com espanto pelo menino que, uma hora e meia antes, havia saído de casa com a intenção de não voltar nunca. O ferimento no rosto não sangrava mais, só latejava. O que mais o preocupava era o medo de ficar sozinho. Talvez aqueles meninos pudessem ser a sua nova família. Com esperança, Duda foi chegando mais perto do grupo. Seus olhos suplicavam amizade. Mas a recepção não foi a que ele esperava. Um dos garotos o empurrou, outro lhe deu um tapa na cabeça e imediatamente todos começaram a xingá-lo:

— Sai, panaca. Afasta, bobão. Te manda, palhaço.

Um dentuço mal-encarado e orelhudo colocou-se diante dele, ameaçador:

— O que foi isso na sua cara, pateta? Você andou brigando com o Zorro, é?

Aplausos misturaram-se a gargalhadas:

— Aí, Dentinho. Põe esse otário pra correr. Quá, quá, quá.

— Boa, chefe. Não dá moleza, não.

— Cai fora, Cicatriz!

Era a segunda vez que Duda precisava fugir naquele dia frio de setembro, com mais jeito de manhã de inverno que de primavera. Para sua sorte, o bando estava mais interessado em continuar importunando o homem empertigado. De longe, já livre da perseguição, ele ainda viu o infeliz cercado pelos moleques.

Com dez minutos de praça, já sabia que se quisesse morar ali por perto precisaria tomar cuidado com aquela turma. A fome começou a roer seu estômago. Arrependeu-se de não ter seguido seu impulso e de não ter devorado o seu pãozinho antes de chegar em casa. Os Três Porquinhos deviam ter se lançado sobre ele com apetite total. A lembrança dos irmãozinhos doeu e ele se sentiu mais só, mais triste, mais faminto. Parou numa esquina e estendeu a mão. Passaram várias pessoas, até uma senhora lhe dar uma nota. Meia hora depois, ele tinha o bastante para dois sanduíches e um refrigerante.

O problema da fome estava resolvido por algumas horas. Faltava resolver outros dois. Um era urgente: onde dormir naquela noite. O outro — arranjar um amigo por ali — ia ser a obsessão de Duda durante vários dias.

3 ■ UM MENINO CHAMADO SUJINHO

Não fazia um mês que Duda vivia na rua, mas já se sentia um veterano. Conhecia dois ou três donos de lanchonetes, que sempre lhe arranjavam pelo menos um pãozinho, e já sabia, pelo rosto das pessoas, quais não iam lhe negar um trocado quando ele estendia a mão.

Foi levando assim a vida, sem um acontecimento fora do comum, até que finalmente, já no começo de outubro, apareceu pela rua Direita, preocupado e inseguro, um menino de corpo e roupa tão encardidos, mas tão encardidos, que chamá-lo de Sujinho lhe pareceu muito natural.

O garoto, que imediatamente o fez lembrar de seus queridos Três Porquinhos, não reclamou. Parecia que o apelido não era novidade para ele. Coçando a todo instante os olhos remelentos, por onde as lágrimas davam a impressão de estar sempre prontas para escapar, contou sua história.

Já imaginando que aquele podia ser o amigo tão esperado, Duda ouviu com atenção. Enquanto andavam, ia mostrando lugares onde costumava dormir ou lojas onde era possível furtar um pacote de bolachas sem perigo. O menino sujo sorria, mas continuava falando. Parecia querer livrar-se logo de suas memórias.

— Até os dez anos, minha vida foi legal, sabe, cara? Minha casa é grande, com um quintalzão bom pra brincar, e eu tinha tudo que queria. Você precisava ver só os brinquedos que meu pai me dava. Minha mãe também.

Os dois meninos estavam andando pela praça Ramos de Azevedo, um pouco afastada da praça da Sé. O relógio do Mappin, uma das maiores lojas da cidade, marcava duas e vinte e mulheres empacotadíssimas se atropelavam diante das vitrines, onde tentadores brinquedos anunciavam o Dia da Criança. Quando Sujinho viu todo aquele movimento, suspirou:

— Ah, que delícia aquele tempo... No Dia da Criança, meu pai e minha mãe enchiam a gente de presentes.

— A gente?

— É. Eu e meu irmãozinho. A gente ganhava tanta coisa que até parecia Natal. O que é? Você ficou triste?

— Não é nada não. Eu só estava pensando. Eu nunca tive essas coisas. Meu melhor brinquedo foi um ônibus de plástico, deste tamanho, ó, que eu ganhei duma associação que tinha lá perto de casa, num Natal. Mas a associação durou só um ano. Parece que alguém lá fugiu com toda a grana. Todos os brinquedos que eu tive eram umas coisas quebradas que as mulheres onde minha mãe fazia faxina davam pra ela trazer. Era tudo resto dos filhos delas.

— Os meus brinquedos não. Vinha tudo de lojas bacanas, como estas aqui. Tudo embrulhadinho, bonitinho. Era tanto brinquedo que a gente nem ligava mais. Abria a pacotalhada, brincava um pouco e depois encostava tudo num canto.

— E como foi que essa moleza acabou?

— Ah, como é triste lembrar disso, cara. Meu pai é caminhoneiro, sabe? Às vezes ele passava um mês fora, entregando carga. Mas, quando chegava, era uma loucura. Vinha carregado de presentes, os bolsos cheios de dinheiro. Era grana que não acabava nunca. Aí a gente ficava uns quinze dias só festejando. Era churrascaria, pizzaria, cinema, parque de diversões, circo... Mas, de repente, meu pai começou a demorar mais nas viagens. Levava dois, três meses para voltar. Minha mãe perguntava se ele tinha perdido o endereço de casa e ele dizia que tinha arranjado mais alguns fretes no caminho. E mostrava o dinheiro que tinha trazido. Mas a gente não festejava mais com aquele gosto, não.

— Por quê?

— Estava tudo diferente. Minha mãe andava triste, chorava toda hora, quando meu pai não estava, e começou a ficar esquisita, sabe? Olhava pra mim e pro meu irmão e parecia que não estava vendo ninguém. Pra ver se ela se tocava, meu irmão toda hora fingia que estava doente. E eu comecei a não tomar banho, pra ver se ela me dava bronca. Eu queria qualquer coisa dela. Até apanhar ia ser bom. Mas ela nem ligava pra mim.

— Que barra, hem?

— Quando meu pai voltava de viagem, ficava nervoso com ela e gritava que daquele jeito ela não ia poder continuar tomando conta de mim e do meu irmão. Ela dizia que ia mudar, mas era só ele viajar de novo ela pirava outra vez. Procurava o médico, tomava um monte de remédios, mas não adiantava nada. Quem cuidava de mim e do meu irmão era a Salete, a empregada.

— Puxa!

— Foi assim uns dois anos. Meu pai demorava cada vez mais pra voltar e ela só ali, andando que nem boba pela casa. Aí os vizinhos começaram a dizer que meu pai tinha outra mulher. E logo estavam dizendo que minha mãe também tinha outro homem. De vez em quando aparecia lá em casa um cara que é dono de uma loja de móveis no bairro. Chegava de noite, ia ficando, ia ficando, e quando a gente ia dormir ele ainda estava lá na sala, falando, falando. Minha mãe só ouvia, com jeito de quem não estava nem aí. Eu só sei que ela já nem ligava se a gente ia ou não ia pra escola. Ficava dormindo até meio-dia, uma hora. Uma noite eu acordei com febre. Chamei, chamei, mas ela não veio. Fui então lá pro quarto dela e levei um susto. Ela não estava. Tinha saído, não sei pra onde.

— Nossa! Ela estava louca, então?

— Acho que sim. Um dia meu pai chegou. Fazia um tempão que ele não dava as caras. Trouxe um montão de presentes, deu dinheiro pra minha mãe, jantou em casa, mas disse que não ia dormir lá. Precisava ir embora. Aí minha mãe começou a chorar, e os dois brigaram. Ele falou que a culpada de tudo era ela, ela falou que era ele. Discutiram quem ia ficar comigo e com o meu irmão. E nós dois lá, ouvindo aquela gritaria, sem saber pra quem torcer. Então meu pai saiu, batendo a porta com raiva. Só apareceu de novo uns três meses depois, e os dois brigaram outra vez. A coisa foi ficando assim. Eu quase não pintava mais lá na escola, meu irmão também não. A gente perdeu a vontade de tudo e só ficava pela rua, que nem dois vagabundos. Banho eu não tomava mesmo, de jeito nenhum. Acabei gostando de não tomar.

— É. Eu estou vendo. Foi por isso que eu te chamei de Sujinho.

— Meu nome é Ladislau. Mas o meu apelido é esse mesmo. Você acertou. Também me chamam de Cascão e Lixão.

— Que diferença, hem? De Ladislau pra Sujinho... E quando foi que você resolveu se mandar?

— De repente o cara lá, o que visitava a minha mãe, começou a invocar comigo e com o meu irmão. Todo dia ameaçava bater em nós. Foi aí que comecei a pensar em dar no pé. Até que decidi. Esta madrugada eu acordei com dor de barriga. Chamei minha mãe umas dez vezes e ela nada. Resolvi então ir pro quarto dela, já achando que ela não estava lá, como naquela noite que eu falei pra você. Eu não devia ter ido lá.

— Por quê? O que foi que aconteceu?

Sujinho parou de falar. Nos olhos remelentos, as lágrimas estavam de novo prontas para sair. Ele ficou assim algum tempo. Depois, tomando fôlego, continuou:

— Quando cheguei lá, sabe o que eu vi? Ela estava dançando no meio do quarto com o tal cara, o dono da loja de móveis. E sem música. Você já viu uma coisa assim? Sem música! Nem me viram. Minha mãe parecia que estava dormindo em pé. Aí eu voltei pra cama já com o plano de fugir de manhã. Não deu outra. O difícil foi sair sem o meu irmão me ver. Tenho pena dele, mas lá eu não volto. Hoje eu sei que nem o meu pai nem a minha mãe gostam de mim de verdade. Quero viver na rua. Se ele não fosse tão pequeno, coitado, eu trazia meu irmão junto. E trazia também, se eu pudesse, a Letícia.

— Letícia? Quem é?

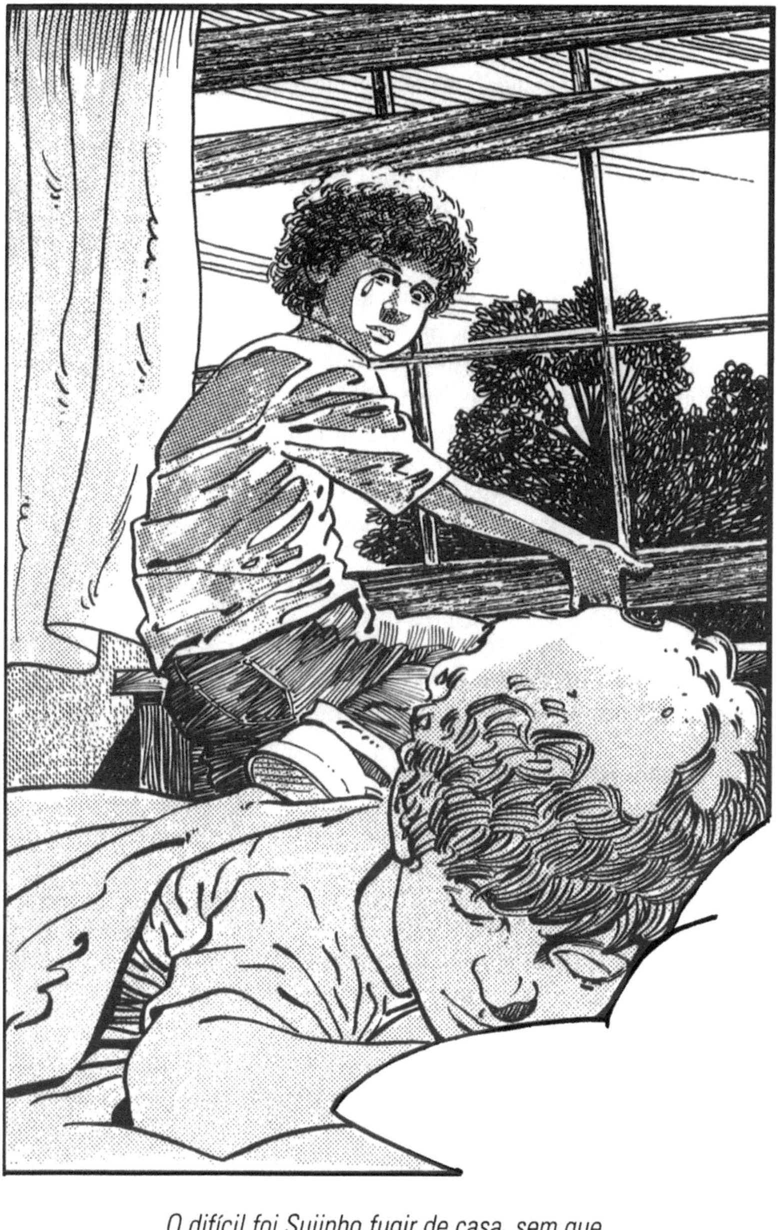

O difícil foi Sujinho fugir de casa, sem que o irmão percebesse.

— É a minha...

— Namorada?

— É, mais ou menos. Um dia a gente se beijou. A Letícia gosta de mim. Ela eu sei que vai sentir a minha falta.

Quando acabou de contar a sua história, Sujinho respirou fundo. Tinha conseguido dizer todas aquelas coisas sem chorar. As lágrimas haviam estado sempre ali, de prontidão, mas ele tinha vencido. Aquilo era prova de que podia viver sem problemas na rua. Se precisava ser forte, ia ser. Para não ficar mais pensando no passado, perguntou:

— Faz tempo que você está morando por aqui?

— Umas duas semanas só. Mas já conheço tudo. Você vai ver. Fome você não vai passar. Uma esmolinha, às vezes uma roubadinha, sabe como é? E pra dormir eu tenho uma porção de lugares. Você já viu aqueles dois que eu mostrei. Mudo bastante pra não dar sopa pro azar. Na rua a gente tem muitos inimigos, entendeu?

— Acho que sim. Agora vamos ver uma coisa. Você adivinhou o meu apelido. Vamos ver se eu adivinho o seu. Eu acho que é... Eu acho que é...

— Deixa pra lá. Eu não gosto muito desse negócio de apelido.

— Eu acho que é... Cicatriz.

— Cicatriz? Por quê?

— Ah, vai me dizer que você nunca viu essa coisa aí na sua cara? Tiraram uma boa lasca desse lado, hem? Eu acertei, não acertei? — disse Sujinho.

O outro hesitou um pouco antes de responder:

— Quase você adivinhou. As pessoas por aqui começaram a me chamar de Cicatriz mesmo. Depois um gaiato me chamou de Bifinho e aí a coisa pegou.

Duda disse isso e sorriu. Afinal, Bifinho era melhor do que Cicatriz... E estava alegre porque aquele amigo que ele tanto havia esperado tinha vindo. A partir daquele momento os dois enfrentariam juntos a luta pela sobrevivência, até o dia em que alguém mais viesse a se juntar a eles.

4 ■ O MENINO FEIO DESEMBARCA NA SÉ

Quando tinha seis anos, o garoto Simpa já podia se considerar famoso, pelo menos na Vila Mariana. Desde os cinco anos ele zanzava por ali, nas ruas cortadas pela Domingos de Morais, a mais importante do bairro.

Um dia as pessoas viam aquele menino feio oferecendo chocolate baratinho na rua Santa Cruz. No outro, lá estava ele na Sena Madureira, entregando folhetos de propaganda. Limpar vidros de carros, engraxar sapatos, empurrar carrinhos na feira, vender limão nos cruzamentos, pedir esmola — tudo isso ele fez dos cinco aos treze anos, até o dia em que, ouvindo por acaso uma conversa, resolveu mudar o rumo da sua vida.

Com seu jeito de abordar as pessoas — chamando-as sempre de "Oi Simpatia" —, tinha conseguido não só o dinheiro que levava diariamente para o pai e a mãe, mas também seu apelido. Seus fregueses — os que compravam coisas ou serviços dele — e suas vítimas — os que lhe davam uma esmolinha em troca da triste história de sempre — começaram a chamá-lo também de Simpatia. Depois, simplificaram o tratamento para Simpa. E Simpa ele ficou sendo.

Simpa era filho único, mas não gozava a vantagem que essa condição costuma dar. Seu pai fazia bicos: consertava uma válvula de descarga hoje, uma torneira de jardim na semana seguinte, um chuveiro dali a um mês. Confiava tão pouco na eficiência desses pequenos consertos que, na hora de cobrar, deixava modestamente a fixação do preço por conta dos fregueses. Estes, que confiavam tão pouco quanto ele na eficácia dos serviços, em geral lhe davam o suficiente para a pinguinha ou para o cigarrinho — quase nunca para os dois juntos. Com essas ninharias, as únicas coisas que ele conseguia manter, mal e mal, eram o rosto avermelhado pelo álcool e os dedos amarelecidos pela nicotina.

Para conservar o mau humor, o pai de Simpa não precisava de estímulos ou desestímulos financeiros. Qualquer motivo era motivo. Se a mãe do menino, que era costureira e às vezes até ganhava algum dinheiro com isso, pegava uma peça para costurar, ele reclamava. Não gostava daquele barulho da máquina. Aquilo arrebentava os nervos. Mas, se ela parava de costurar, ele virava bicho. Por que ela não arranjava alguma coisa para fazer, em vez de ficar olhando para ele com cara de censura?

Os dois passavam quase todo o tempo dentro do sobradinho arruinado, pelo qual pagavam, sempre com muitos protestos, um aluguel mais do que mesquinho. A maior distração que tinham era um brigar com o outro. Quando chegava da rua, Simpa, que ficava o dia inteiro ganhando a vida pelos três, era logo recebido com recriminações e pancadas, fosse quanto fosse o dinheiro que trazia. Se voltava dez minutos mais cedo, os dois se enfureciam:

— Por que você não esperou até o pessoal sair dos escritórios? Na melhor hora pra vender, você vem pra casa?

E os dois se enfureciam também se voltava dez minutos mais tarde:

— Por onde você andou? Vai ver que ficou gastando dinheiro lá no fliperama, não foi? Ou torrou tudo em cachorro-quente?

Apesar disso, o menino gostava deles. Eram a sua família, e essa palavra mexia demais com ele. Pensar nela lhe dava sempre uma sensação de orgulho, de alegria. Por essa palavra é que ele todo dia enfrentava a dureza de ir para a rua, com chuva ou com sol, com calor ou com frio, para garantir o feijão, o arroz, a roupa, a luz, o gás. Era gostoso chegar em casa com aquela maçaroca de notas e alisar uma por uma, em cima da mesa. Tão gostoso que ele nem ligava para as broncas do pai e da mãe, sempre insatisfeitos. Sabia que, se não fosse aquele dinheirinho suado, sua família podia morrer de fome. Ficava feliz ao pensar que era ele quem aguentava a barra.

Com oito ou nove anos ele já tinha essa certeza. Por isso, coisas importantes para os outros meninos, como ir à escola ou brincar, para ele não representavam nada. Gostava delas só por um motivo: enquanto os outros garotos perdiam tempo com aquelas besteiras, ele ficava à vontade para oferecer, sem concorrência, os pequenos serviços e as ninharias que sustentavam sua casa e a sua família.

Dedicava-se a esses negócios miúdos como se fosse um grande empresário. Nada tirava sua concentração. Se o trabalho do dia era vender limão num cruzamento, ele era capaz de ficar oito horas ali, direto, sem perder um farol. Se a jogada era ganhar algum para colocar propaganda nas caixinhas de correspondência, ele não deixava de entregar os papeizinhos em nenhuma casa das ruas que lhe indicavam. Trabalhou assim dos cinco aos treze anos, sem procurar desculpas para não fazer o serviço ou para fazê-lo mal. Era tudo pela família.

Só se sentia inquieto, quase triste, quando percebia que os pais mudavam subitamente de conversa ao vê-lo chegar. Mas logo se tranquilizava: não podia haver nada errado. No dia seguinte voltava ao trabalho com o mesmo entusiasmo, sem descanso. Até a tarde em que sentiu de repente uma dor de cabeça tão forte que não resistiu. Quando tudo começou a ficar embaçado na sua frente, achou melhor ir para casa, embora fosse muito cedo e ainda tivesse bastante chocolate para vender.

Abriu o portão e entrou pelos fundos, na cozinha, que ficava sempre aberta. Ia pegar um copo de água quando ouviu, na sala, a voz do pai:

— Imaginou se um dia ele descobre tudo?

— Mas vai descobrir como? Só se você contar pra ele, porque eu não vou fazer isso nunca — respondeu a mãe.

— Nem eu. Você acha que eu sou besta? Se ele souber a verdade, não vai nem querer olhar mais pra cara da gente.

Simpa ficou paralisado. Sentia vagamente que, se quisesse continuar feliz como era, devia voltar correndo para a rua. Mas permaneceu ali, sem ação, ouvindo a conversa que ia modificar seu destino.

Cinco minutos depois, cego de dor de cabeça, de ódio e de lágrimas, ele atravessou o portão do sobrado pela última vez. Sabia agora que todos aqueles anos tinha passado fome e frio, enfrentado sol e chuva, levado pancadas e broncas por uma palavra falsa. Família não queria dizer nada. Ele não tinha família. Seu pai e sua mãe tinham sido dois mendigos que morreram num acidente quando ele era ainda um bebê. Não era isso que ele tinha ouvido? Depois ele havia ficado com o casal que o tomava alugado com maior frequência. Era isso que ele tinha escutado, não era? E nunca mais, enquanto existisse, ia querer ouvir falar de família. Aqueles dois malditos podiam morrer sem um pedaço de pão, que ele não ia se importar.

Depois de andar algum tempo sem rumo, pensando se tudo aquilo não podia ter sido uma alucinação, finalmente decidiu: ia morar com os meninos de rua, na Sé. Quando entrou no metrô, levava nos bolsos toda sua riqueza: os chocolates que não tinha vendido e o dinheiro que pela primeira vez não havia passado ao casal de exploradores.

Vinte minutos mais tarde, ele já estava caminhando pela rua XV de Novembro. Achou bonitas todas aquelas bandeiras do Brasil hasteadas nos prédios. Se não tivesse faltado a tantas aulas para poder negociar bugigangas na rua, saberia que era Dia da Bandeira. Perto do largo São Bento, viu dois meninos que conversavam animadamente numa esquina.

Aproximou-se deles e ficou olhando. Eles retribuíram o olhar, amistosos. Se desconfiasse que os dois estavam imaginando que ele bem podia ser o terceiro da família, talvez tivesse ido embora. Naquele instante, família era a última palavra em que pretendia pensar. Nunca mais ia querer uma ligação tão forte.

Meia hora depois, Bifinho e Sujinho tinham mostrado a ele uma boa parte do agitado território em que viviam já fazia algum tempo. Haviam explicado também que tinham inimigos e, por isso, costumavam mudar o lugar onde dormiam, para não facilitar.

Simpa viu dois garotos conversando na esquina. Aproximou-se deles e ficou olhando.

Depois que Simpa contou resumidamente sua história, os dois estavam pensando no melhor jeito de convidá-lo a ficar, quando ele, já um pouco menos ressentido, se antecipou:

— Posso morar com vocês?

Eram três, agora, e ficariam assim por um bom tempo. Às vezes, Bifinho imaginava como seria bom se ali estivessem também os Três Porquinhos. E Sujinho pensava se, apesar da idade, seu irmãozinho não se daria bem por lá. Mas era quando se lembrava de Letícia que ele achava quatro o número ideal para uma turma.

5 ■ AQUELA MENINA ESTÁ OLHANDO PARA VOCÊ

Letícia era uma garota simples, mas não comum para os seus doze anos. A mãe costumava dizer que ela era uma menina à moda antiga: bondosa, gentil, responsável, obediente.

O pai, que também via na filha todas essas qualidades, apreciava especialmente sua força de vontade, acreditando que ela poderia ser tudo que quisesse. Como Letícia vivia anunciando a intenção de se tornar dentista, o pai, um pequeno comerciante, procurava aplicar bem o pouco que ganhava, pensando sempre em estar preparado para o dia em que a filha entrasse na faculdade.

Só quando a menina já estava com três anos o pai e a mãe descobriram que "Letícia" era uma palavra vinda do latim e queria dizer alegria. Felicitaram-se pela intuição que tinham tido. Melhor nome não poderia haver para a filha. Ela era alegre e fazia alegre quem estivesse perto dela. Gostava de tudo de que as outras garotas gostavam: cantar, dançar, ver tevê, ir ao cinema, tomar sorvete, comer pipoca. E gostava também de coisas que outras não amavam tanto. Estudar era uma delas. Tinha lido dez vezes mais livros do que todas as suas amigas juntas — e suas amigas não eram poucas, nem eram inimigas da leitura.

Superando as amigas em tantas coisas, Letícia era superada em pelo menos uma. Cada uma delas tinha tido no mínimo três vezes mais namorados do que ela, que nunca tinha tido nenhum. Letícia não era insensível aos meninos. Gostava deles, conversava com eles, passeava com eles, dançava com eles nos bailinhos do colégio. Mas não havia nenhum que a fizesse suspirar, nenhum que lhe descompassasse o coração. Ela os considerava iguais. Douglas, Caio, Lucas, João eram só diferentes pretextos para ela expressar o mesmo sentimento: amizade.

Assim foi até Letícia fazer a descoberta: embora tivesse conhecido Ladislau dois anos antes e o visse pelo menos uma vez por dia, foi só na luminosa manhã de 7 de setembro em que os dois participaram da parada do Dia da Independência que ela se sentiu diferente. Primeiro pensou que aquele entorpecimento, aquela mornidão e aquela sensação de estar pisando em nuvens fossem apenas outro efeito do calor, como a sede que a devorava.

Quando, seguindo a ordem de dispersar dada pelo professor Ernesto, os meninos e as meninas correram para a lanchonete, ela notou que mesmo depois de beber o guaraná e de ficar cinco minutos gostosamente sentada na banqueta, descansando, o calor insistia em envolvê-la. Então, finalmente, ela o relacionou com os olhos tristes de Ladislau. Tinha estado ao lado dele no desfile e estavam de novo juntos agora, olhando-se como nunca haviam se olhado.

Ladislau não tinha consciência disso, mas olhava para Letícia com desespero. Talvez ela pudesse compensar a ausência do pai, a indiferença da mãe, a vida familiar destruída. Talvez ela quisesse raspar a crosta e fazer aparecer de novo o Ladislau que havia debaixo do Sujinho. Letícia sentiu o apelo e se comoveu. Era a primeira vez que alguém mostrava precisar tanto dela. A partir daquele instante estava irremediavelmente cativa daquele garoto desmazelado, sujo, infeliz, que mais faltava à escola do que ia.

Letícia passou a ser confidente de Ladislau. Começou a ouvir com atenção tudo que ele dizia — sua insatisfação, suas queixas, sua permanente disposição de largar o irmãozinho e a mãe e ir embora. No dia em que soube que ele tinha ido mesmo, ficou chocada. Havia um pouco de despeito nisso. Ainda na véspera, ela pensava ter um ótimo motivo para acreditar que ele não cumpriria a ameaça. Afinal, podia haver melhor razão para ele ficar do que aquele beijo?

Ainda inconformada com a notícia, ela fechou os olhos e viveu de novo, com a mesma emoção, como se tudo estivesse acontecendo outra vez, a cena da tarde anterior.

Ladislau não tinha ido à escola, mas quando ela havia saído da última aula ele estava na esquina, esperando. Conversando sobre o assunto de sempre — o drama familiar dele —, os dois foram descendo a rua, pela primeira vez de mãos dadas. De repente, depois de ouvir Ladislau repetir que não aguentava mais e ia embora de casa, ela parou e disse:

— Você precisa deixar de pensar assim. Chega de baixo-astral.

— Pra você é fácil falar. Sua família é legal. A minha...

— Você bem que podia largar de ficar só se preocupando com a sua família e pensar em outra coisa, Ladislau.

— Em quê?

Não houve um momento na vida de Letícia em que ela quisesse se mostrar mais faceira, mais atraente. Mais sedutora, até. Concentrou-se em parecer tudo isso e com os olhos fechados, como estavam agora, quando ela repassava a cena, procurou com os lábios a boca de Ladislau. O beijo durou três segundos, talvez menos, o bastante para que soubesse, logo depois dele, que nunca lhe havia acontecido nada mais importante.

Deslumbrada com a revelação, Letícia só podia achar que também para Ladislau jamais poderia ter havido nada mais forte. Por isso, no dia seguinte, quando lhe disseram que Ladislau tinha desaparecido, a decepção lhe doeu como uma bofetada. Sabia, pelas confidências dele, onde poderia encontrá-lo. Mas, um pouco pelo seu orgulho ferido, um pouco pela promessa que tinha feito de não o procurar, se ele fosse embora, nem dar nenhuma dica à sua mãe, ela retardou sua ida à praça da Sé enquanto pôde.

Chegou a acreditar que conseguiria esquecer tudo, até um dia em que, quase sem perceber como, se viu na praça da Sé, olhando para todos os lados, procurando em toda parte. Perto da catedral, viu um bando de meninos que se divertiam importunando as pessoas. Aproximou-se tão ansiosa que tropeçou e, para não ir ao chão, precisou se segurar num homem muito gordo que passava. Os dois não caíram por milagre. Os garotos, que tinham visto tudo, não perderam a oportunidade. Começaram a provocar:

— Ei, baleia, larga a loirinha aí, seu vagabundo!

— Ô Xuxa, sai dessa. Esse saco de banha não tá com nada.

Com o rosto em brasa, ela procurou se afastar rapidamente. Ainda por algum tempo ouviu os assobios e os apelos dos moleques:

— Fiu, fiu. Vem aqui, Xuxinha, vem. Vamos fazer um programinha legal, vamos.

Ela atravessou a rua correndo. Antes de chegar à calçada, assustou-se com um furioso guincho de breque e com o berro do motorista de um ônibus:

— Maaalucaaa!

Sempre olhando para trás, com medo de estar sendo seguida pelo bando, Letícia andou sem rumo por alguns minutos. Numa esquina, levantou os olhos e leu a placa: rua Riachuelo. Quando baixou os olhos viu, no outro lado, três garotos. Um era muito feio, o segundo parecia ter alguma coisa embaixo do olho e o outro... O outro seria uma cópia perfeita de Ladislau, se Ladislau pudesse ser copiado. O coração de Letícia começou a se sacudir freneticamente, como um passarinho agitado. Separada de Ladislau pelos carros, ela o olhou tão fixamente, tão amorosamente, que Simpa o cutucou:

— Sujinho, ei, Sujinho. Você conhece aquela garota ali? Ela está dando uma encarada firme em você, olha lá.

— Nossa, é a... Letícia. É ela, sim.

Sujinho vacilou. Letícia, não. Num instante estava diante dele e da sua timidez, aumentada pela expressão maliciosa de Bifinho e de Simpa. Ela foi logo perguntando como ele estava se sentindo na rua e se não ia voltar para casa. Ele não respondeu. Quis primeiro saber como andava o irmãozinho e como a mãe tinha recebido a fuga dele. Letícia disse que o irmãozinho parecia conformado. A vizinhança comentava que ele talvez fosse morar com o pai.

— E minha mãe, sentiu a minha falta?

— É chato eu dizer isto, mas ela não está nem aí. Seu pai é que ficou uma fera. Ele diz que ela é louca e que a culpa é toda dela.

— É dela, sim. Mas é dele também. Você acha que ele quer me encontrar?

— Acho que sim. Ele até me perguntou se...

— Você não contou nada pra ele, contou?

— Não. Eu juro.

— Não é pra contar mesmo. Nunca.

— Então você não vai voltar?

— Não. Eu estou bem aqui. Melhor do que lá.

Então ele contou como estava vivendo na rua, com os amigos. Onde dormiam, como passavam os dias, como faziam para arranjar dinheiro — um servicinho, uma roubadinha, uma esmolinha. Disse que eram muito perseguidos mas também tinham amigos, gente que se preocupava com eles. De vez em quando apareciam até umas assistentes sociais querendo levá-los para instituições, mas nenhum deles estava interessado.

Conversaram mais um pouco, ela sempre insistindo para que ele voltasse. Será que não podia fazer isso por ela? Ele disse que não. Não podia. Despediram-se, ela chorando, ele controlando-se para não chorar. Se ela quisesse, podia aparecer por ali, ofereceu ele, dando o nome das ruas por onde costumava andar.

Quando Letícia foi embora, Sujinho deixou que as lágrimas saíssem dos olhos remelentos. Foi a vez de Bifinho e Simpa se esforçarem para não chorar.

6 ■ PARECE QUE ESTÁ CHEGANDO MAIS UM PARA A TURMA

Helinho subiu a escadaria do metrô e entrou no empurra-empurra alucinante da praça da Sé. Era um dia de muito sol. Os jornais pendurados na banca traziam a data de 23 de dezembro, antevéspera do Natal. Sorriu, satisfeito. Para quem queria se esconder, aquele lugar, bem longe do miserável bairro onde ele morava com a mãe, parecia ótimo.

Era o seu primeiro sorriso naquela manhã. Desde que tinha trancado a porta de casa e saído para a rua, sentia-se menos livre e menos feliz do que esperava. Estava fugindo para punir a mãe, que nunca lhe dava informações corretas sobre o pai — algumas vezes dizia que estava vivo, outras vezes sugeria que estava morto —, mas assim mesmo continuava a ter um pouco de pena dela. Ia ser difícil esquecer que ela trabalhava o dia inteiro no hospital para satisfazer todas as vontades dele — menos a de falar a verdade sobre o pai. A mãe era muito querida no bairro, isso também não dava para negar. Todos viviam comentando:

— Dona Janice é uma pessoa cem por cento!

Ou então:

— Dona Janice é gente muito fina! Dizem que não existe enfermeira melhor!

Helinho reconhecia tudo isso, mas o modo como a mãe desconversava, sempre que ele tentava falar sobre o pai, apagava tudo de bom que ela fazia. Ele tinha sofrido muito com a situação, agora não aguentava mais. A esnobação do Juca, seu vizinho, que vivia endeusando o pai, dizendo que ele era o máximo, ficava insuportável no Natal. Quando chegava essa época, só faltava ele dizer que o pai dele era o próprio Papai Noel. Mas o pior era na hora em que o Juca perguntava, com maldade:

— E o seu pai, Helinho? Vai passar o Natal com você?

E ele não sabia dizer nada sobre o pai, porque a mãe sempre fugia do assunto. Helinho chegava a odiá-la por essas omissões. Mesmo agora, sorrindo para o sol esparramado sobre a praça, hesitava entre esse ódio e o remorso que esse sentimento sempre acabava lhe provocando.

Sorrindo outra vez, para afastar a desagradável sensação, felicitou-se pela decisão tomada. Era a melhor coisa que tinha feito. Com o susto que ia levar, talvez a mãe resolvesse falar a verdade, quando ele voltasse. E quando voltaria? Uns dois ou três dias deviam ser suficientes para a mãe sentir o drama. Isso ele decidiria depois. O problema era que começava a sentir fome e nem imaginava como ia arranjar dinheiro para comer.

As moedas que antes de fugir tinha apanhado no pote da cozinha não estavam mais no seu bolso. Rebeldes como ele, deviam ter escapado no metrô, aproveitando sua distração e seu deslumbramento. Encantado com sua aventura, ele queria olhar ao mesmo tempo para tudo e para todos e, ao descer na Sé, notou que só tinham ficado no bolso duas notas. Com elas, resolveu comprar um cachorro-quente. Mas o homem do carrinho, com o polegar apontado para baixo, disse, rindo, que com aquilo ele não ia conseguir comer nem gato-frio.

Aflito, andou então até uma barraquinha de frutas e estava namorando um tentador pedaço de melancia quando, de repente, um garoto muito sujo, de olhos remelentos, chegou e deu um esbarrão na pilha de laranjas, que se espalharam pela rua. O vendedor, que estava atendendo uma freguesa, xingou o menino e, afobado, se pôs a perseguir as amarelinhas fujonas. Nesse momento, o garoto que tinha feito o esparramo apanhou duas maçãs e começou a correr. O dono da barraca interrompeu a perseguição às laranjas e disparou atrás do ladrãozinho, berrando:

— Desgraçado! Pega ladrão, pega ladrão!

Aí, mais dois meninos, quase tão maltrapilhos e sujos quanto o primeiro, apareceram com duas sacolas de plástico e muito rápidos, muito competentes, como se nunca tivessem feito outra coisa na vida, despejaram dentro delas todas as frutas que puderam, correndo depois, cada um para um lado.

Sem querer, alguém deu uma joelhada na barraquinha e ela, que já estava vacilante, estremeceu inteira. Sacudidas, as frutas que ainda não tinham corrido para o chão resolveram escapar também. Primeiro desmoronaram os vistosos pedaços de melancia, imediatamente seguidos pelas rapidíssimas ameixas. Depois foi a vez das maçãs — as verdes e as vermelhas. Os figos aproveitaram a oportunidade e escaparam também. Alguns se esborracharam na queda e não puderam rolar para longe.

A confusão era total. Um homem muito alto conseguiu dobrar o corpo e apanhar uma ameixa. Olhou para os lados, meio indeciso. Depois, passou o lenço na fruta, para limpá-la, e ensaiou uma mordidinha. Outros, menos delicados, davam vorazes dentadas em tudo que recolhiam. Uma gorducha pisou numa laranja e foi escorregando, como se estivesse de patins, até bater as nádegas na calçada. Um gaiato gritou:

— Quebra!

As pessoas que estavam um pouco distantes olhavam para tudo aquilo, tentando compreender o que havia acontecido. As que tinham visto pelo menos uma parte da cena exprimiam sua superioridade sobre as outras berrando:

— Ladrão! Pega ladrão! Pega!

Uma maçã caída da barraca estava encalhada no tênis de Helinho. Ele se abaixou para apanhá-la e, nesse instante, sentiu um puxão no braço. Levantando-se, viu que quem o puxava era um homem de olhos avermelhados e bigodinho. Uma mulher acusou:

— Esse menino é um deles, sim. Eu vi.

O homem apertou mais o braço de Helinho e, com uma voz sufocada, cheia de ódio, ameaçou:

— Moleque sem-vergonha. Safado. Você vai ver o que é bom. Vou arrancar a sua pele.

Disse isso e começou a arrastar Helinho. Alguns desocupados, comentando animadamente o episódio, iam seguindo os dois. O homem de bigode parou e, muito irritado, mandou o grupinho se dispersar:

— Cai fora, cambada! Vê se desinfeta! Senão, eu levo todo mundo pra delegacia.

Quando os curiosos se afastaram, ele entrou com Helinho por uma rua um pouco menos movimentada. Embora ainda apavoradíssimo, o menino achou que era hora de explicar que não tinha nada com a história. Mas, toda vez que tentava iniciar uma frase, sentia um beliscão no braço e ouvia:

— Cala a boca, moleque. Não quero conversa. Quando a gente chegar num cantinho sossegado, vou te quebrar inteirinho. Não pensa que eu vou te levar pra Febem, não. Vou te arrebentar todos os ossos e jogar tudo pros cachorros. Cala a boca.

De repente, sem saber como, Helinho se soltou do homem e começou a correr em zigue-zague.

De repente, sem saber como, Helinho se soltou e começou a correr em zigue-zague. Pegou uma rua à direita, tropeçou, caiu, se levantou, depois entrou numa rua à esquerda, continuou correndo, correndo, e só parou quando tropeçou de novo, caiu outra vez e, sem fôlego, ficou no chão. Teve a impressão de que não ia conseguir se levantar nunca mais. Permaneceu assim, sentado e ofegante, até sentir a mão pousada no seu ombro.

Sem forças, já estava aceitando a ideia de se entregar ao sujeito de bigodinho e olhos avermelhados. Ergueu o rosto lentamente, procurando adiar o momento em que precisaria encarar mais uma vez aquele tipo feroz. Viu que lhe seguravam o queixo e ouviu a pergunta:

— Algum problema? Você está passando mal, menino?

Helinho suspirou, aliviado. O senhor curvado sobre ele tinha um jeitão de gente boa: cabelos já um pouco grisalhos, um sorriso simpático. E com uma grande vantagem: não tinha bigodinho e nos seus olhos, muito azuis, não havia uma estria vermelha.

— Eu estou bem, obrigado — respondeu Helinho, descobrindo com surpresa que ainda tinha voz.

— Você está bem mesmo? Não está precisando de nada? — insistiu o homem.

— Não, obrigado. Só estou um pouco cansado. É muito sol...

— Será que não é fome, não? Tome isso e vá comer um sanduíche.

Quando foi pegar a nota que o homem lhe estendia, Helinho notou que, fechada na mão, trazia ainda, depois da fuga, a reluzente e apetitosa maçã. Apanhou o dinheiro com a mão livre e sorriu para o seu protetor. Continuou sorrindo enquanto o homem ia embora. Se pudesse escolher, gostaria que seu pai tivesse aquele rosto, aquele jeito. E que, quando seu pai se afastasse, como se afastava agora o homem, ele sentisse aquela saudade que já começava a sentir.

7 ■ UM PAPO GOSTOSO DEPOIS DO SUSTO

Quase refeito da correria e do medo, Helinho analisou sua situação. Alguns minutos antes, estava com fome e não podia pagar nem um sanduíche. Agora, continuava faminto, mas além do dinheiro para o sanduíche tinha uma boa maçã para a sobremesa. Impaciente, decidiu começar pela sobremesa e cravou os dentes na fruta.

Tomando cuidado para não se aproximar da praça, onde podia estar ainda seu perseguidor, pôs-se a procurar um carrinho de cachorro-quente. Entrando numa rua estreita, o primeiro rosto que viu, logo na esquina, foi o do garoto sujo de olhos remelentos. Sentado na calçada, ele descascava uma laranja. Ao lado dele, com as duas sacolas ainda abarrotadas de frutas no colo, estavam os dois outros pequenos ladrões.

Um deles, o que parecia ser o mais velho dos três, era de uma feiura impressionante. Sua testa, os olhos, o nariz e a boca davam a impressão de ter sido apanhados cada um em um rosto, em algum museu de cera, e colados ali com a intenção de provocar o pior efeito possível. Esse conjunto grotesco, empenhado em morder um grande pedaço de melancia, ficava ainda mais feio. O terceiro menino, que aparentava a mesma idade do remelento, uns doze anos, teria um rosto comum, se pudesse ser considerado comum um rosto com uma cicatriz de dez centímetros abaixo do olho esquerdo.

Os três estavam tranquilos, como se nunca tivessem andado nem perto da praça da Sé, nunca tivessem visto uma barraca de frutas e nunca tivessem furtado o dono de nenhuma. Ostentavam não a expressão desconfiada dos ladrões, mas o ar de desafio dos garotos travessos. Dando a última mordida na maçã, Helinho passou por eles. O remelento chamou a atenção dos outros dois. Os três sorriram e o feioso, que tinha jeito de chefe do grupo, gritou:

— Ô gordinho! Até você lucrou a sua frutinha na brincadeira, hem?

Os três riram com gosto. Helinho vacilou. Não sabia se parava ou não. Então o menino da cicatriz chamou:

— Chega aqui, gorducho. Ajuda a gente a comer esta frutalhada!

Helinho foi chegando, cauteloso. O remelento levantou-se da calçada, deu um passo à frente, estendeu a mão e disse:

— Muito prazer. Eu sou o Sujinho.

Seus dois companheiros, que continuavam sentados, curvaram a cabeça quase até os joelhos, gargalhando. Depois, o da cicatriz ergueu-se e apertou também a mão de Helinho:

— Não liga pro nosso jeito não. Nós somos sempre assim. Três patetas. Nós não estamos rindo de você. Estamos gozando esse palhaço. Sujinho? Um Sujão é o que ele é. Isso aí nunca tomou banho na vida. Muito prazer. Meu nome é Bifinho, por causa dessa lasquinha que tiraram da minha cara. Quá-quá-quá.

O feioso se aproximou também e apertou a mão de Helinho.

— Os patetas são estes dois. Eu sou um cara sério. Meu nome é Simpa. Muito prazer.

Helinho, que já estava quase à vontade, revelou o nome aos três:

— Prazer, pessoal. Eu me chamo Helinho.

E criou coragem até para brincar:

— Eu já sei por que ele é o Sujinho e por que ele é o Bifinho. Mas achei estranho o seu nome, Simpa. É o nome mesmo ou o sobrenome?

Bifinho e Sujinho começaram a rir, enquanto Simpa, com cara de ofendido, respondia:

— Por que eu me chamo Simpa? Pensei que você fosse mais inteligente, Gorducho. É só olhar pra minha cara. Simpa quer dizer Simpatia.

Quando acabou de dizer isso, seus dois amigos riram ainda mais forte. Helinho, percebendo que a indignação de Simpa era fingida, riu também. Começava a gostar daquela turma. Um minuto depois, estava sentado com os três na calçada. Bifinho passou-lhe um pedaço de melancia e ele, afoito, enterrou os dentes na fruta com tanta vontade que o líquido escorreu imediatamente pelo seu queixo e desceu para o pescoço.

— Ô Gorducho, cuidado aí. Desse jeito você acaba se afogando — brincou Sujinho.

— É, Gorducho. Mais uma dessas, nós vamos precisar buscar os bombeiros pra te salvar. Quá-quá-quá — completou Simpa.

Helinho percebeu que ninguém ali ia chamá-lo pelo nome. Para todos os efeitos, tinha virado Gorducho. E achou até bom. Já pressentia, naquele momento, que ia se juntar ao grupo. E estava feliz com aquilo.

Os quatro ficaram ainda algum tempo na calçada, comendo e conversando. Gorducho contou como tinha escapado do homem de bigodinho e olhos vermelhos. Simpa explicou:

— O Bigode é um segurança aqui do pedaço. É pago pelos comerciantes, sabe como é? Vive perseguindo a gente, mas parece que tem um trato com a turma do Dentinho, lá da catedral. Aqueles são bandidos da pesada, mesmo. Fazem esparramo nas lojas. Quebram tudo lá dentro e levam o que podem. Roubam os donos e os fregueses. Mandam a mão em relógio, grana, joia, tudo. E diz que dão um barato para uns polícias safados. Cada coisa que a gangue do Dentinho rouba vai um tanto pra eles. Nós, que somos tudo peixinho miúdo, não temos vez com eles. Também, você já pensou a gente afanar dez laranjas e dar nove pra eles? Porque o que a gente mais passa a mão é isso: laranja, maçã, melancia, uva...

Gorducho contou então o susto que tinha tomado quando, depois de toda a correria, já sem fôlego, parando para descansar, de repente havia sentido que lhe punham a mão no ombro e tinha concluído que só podia ser o Bigode atrás dele.

— E não era?! — exclamaram os três ao mesmo tempo.

— Não era não. Era um velho muito legal. Ele quis saber se eu estava com fome e até me deu um dinheiro. Vocês precisavam só ver como ele me tratou. Eu queria que ele fosse o meu pai.

— Por quê? O seu pai é ruim, é? — perguntou Bifinho.

— Ou será que ele está mor...? — vacilou Sujinho.

Gorducho não respondeu. De repente, parecia petrificado. Nos seus olhos, que fixavam ponto nenhum, começaram a se formar duas lágrimas. Com seu jeito de chefe, Simpa deu umas palmadinhas nas costas dele:

— Mas o que é isso, Gorducho? Larga mão, rapaz. Tristeza não resolve nada.

E, olhando feio para Bifinho e Sujinho, censurou os dois:

— Vocês são mesmo bons pra puxar assunto chato, não é? Eu já não tinha proibido conversa de família? Assim não dá.

— Tudo bem — disse Gorducho. — Não precisa ficar nervoso com eles. Eu é que sou um bobo.

Depois, como se falasse para si mesmo, resmungou:

— O meu pai morreu.

Ainda batendo de leve nas costas de Gorducho, para consolá-lo, Simpa repetiu o conselho:

— Larga mão de tristeza. Às vezes é muito melhor não ter pai do que ter. Nós três aqui sabemos muito bem disso, não é?

Bifinho e Sujinho fizeram que sim, com a cabeça. Os dois tinham ficado tristes, de repente. Simpa também. Depois de um suspiro fundo, ele convidou:

— Vamos dar um giro por aí, ver as lojas. Na rua Direita tem um Papai Noel muito bacana, Gorducho. Quer ir lá com a gente? Vamos perguntar pro velho se o nosso presente de Natal vai ser bom. Se ele quiser embromar a gente, nós arrancamos a barba do sacana e damos umas pancadas nele. Vamos embora, vamos zoar um pouco.

As duas sacolas plásticas estavam vazias. Não tinha sobrado uma laranja, maçã ou melancia para contar a história.

8 ■ NADA MELHOR DO QUE UMA BOA ZOADA

Gorducho logo compreendeu o que significava zoar. Seus novos amigos eram especialistas em zoeira. Nas calçadas apinhadas de funcionários que saíam dos escritórios para almoçar, de mulheres que iam de uma loja a outra, para as compras de Natal, e de camelôs que apregoavam suas mercadorias, os três brincavam como se estivessem em um parque de diversões.

Bifinho derrubou com uma joelhada a pilha de fitas cassete que um entusiasmado vendedor anunciava como a melhor lembrança para a mamãe e o presente mais bonito para o papai. Simpa deixou o pé no caminho de um quarentão gordinho que vinha andando com o pescoço empinado e num instante estava de cara no chão, com a sua gordura esparramada por todos os lados. Sujinho chegou sorrateiramente por trás de um *office boy* que caminhava distraído e deu um berro tão forte no ouvido do infeliz que ele, por um momento, ficou paralisado como uma estátua.

Gorducho estava fascinado com eles. Pareciam os donos de tudo aquilo. Moviam-se como se tivessem nascido ali e como se toda aquela multidão estivesse lá por uma concessão muito especial deles, que poderia ser cancelada quando bem entendessem. Era muita sorte ele ter encontrado aquela turma. Já sabia que moravam na rua e tinha decidido: se fosse necessário, ia até implorar para ficar com eles. Pensou no desespero da mãe, quando descobrisse que ele tinha desaparecido, e chegou a sentir um aperto no coração. Mas logo os três começaram a correr e ele foi atrás, no embalo, esquecendo a mãe.

Sempre em disparada, saíram da rua Direita e entraram na praça do Patriarca. Quando pararam, Gorducho soube o motivo da correria. Simpa estendeu-lhe um chocolate. Trazia mais um punhado nas mãos. Bifinho e Sujinho, também com as mãos cheias, riam.

— Vocês viram só a cara do otário? No que ele bobeou, tchau. Quá-quá-quá — comemorou Simpa.

Gorducho estava espantado. Tinha ficado de olho neles todo o tempo, com medo de ficar para trás, e não havia notado nada. Não compreendia como haviam roubado aqueles chocolates todos sem que ele percebesse um só movimento.

— Como vocês conseguiram fazer isso? Eu nem vi... Vocês são mágicos?

— Nós somos do ramo, Gorducho. O segredo é esse. Se você ficar com a gente, nós vamos ensinar tudo pra você.

— Eu quero ficar com vocês, sim — entusiasmou-se, ganhando mais um chocolate de Simpa. — E quero aprender essas manhas.

— É. A gente precisa ter essas manhas — disse Bifinho. — Os bacanas compram tudo o que querem com grana, mas...

— Nós, que não temos grana... — continuou Sujinho.

— Só conseguimos as coisas de um jeito: com um susto e uma corrida — completou Simpa. — E cada dia está mais difícil. Os otários vão ficando mais vivos e os polícias mais espertos. Quem vacila vai pra geladeira.

— Geladeira? — espantou-se Gorducho.

— É, geladeira. Febem, essas coisas. Nunca ouviu falar?

Simpa estava assim, explicando a Gorducho quais eram os perigos e quais eram os inimigos enfrentados pelos meninos de rua, quando Sujinho, depois de esfregar os olhos remelentos para ver se tinha enxergado bem, cutucou o chefe com o cotovelo:

— Simpa, olha lá. Não é o Bigode?

— Onde? — perguntaram os outros três, alvoroçados.

— Ali, ó, perto daquele cara de camisa vermelha. Estão vendo? — disse Sujinho, apontando para a rua Direita.

— Parece que é ele, sim. É. É ele mesmo — concordou Simpa.

Sujinho, que era o mais assustado dos três garotos de rua, e Gorducho, arrepiado só de lembrar o que tinha acontecido de manhã, olharam aflitos para Simpa.

— Será que ele veio pegar a gente? — inquietou-se também Bifinho.

— Como ele ia saber que nós estamos aqui? — duvidou Simpa. — Só se o maldito tiver radar...

— Olha. Ele está indo embora — avisou Gorducho, aliviado.

Depois de chegar à esquina da praça do Patriarca e olhar de um lado para outro, como se estivesse procurando alguém, Bigode começou a voltar pela rua Direita. Nesse momento, Simpa tomou uma daquelas decisões que os chefes parecem tomar só para deixar malucos os chefiados.

— Vamos atrás dele — propôs.

Bifinho, que às vezes assumia uns ares de subchefe, ainda tentou conversar, mas Simpa não lhe deu atenção. Já estava três passos na frente, esticando o pescoço para não perder de vista Bigode. Os outros ainda hesitaram um instante. Depois, apesar de preocupados, resolveram obedecer. Afinal, chefe era chefe.

Mantendo distância e procurando ocultar-se atrás de pessoas altas, foram seguindo Bigode. Perto da esquina da rua Quintino Bocaiuva, ele entrou numa loja de roupas. Os meninos ficaram observando, de longe. Dali a pouco, o segurança saiu com um homem gordo e narigudo. Simpa reconheceu imediatamente a barriga e o nariz. Era o dono da loja.

— É o seu Fuad.

— É. É o turco mesmo. O que será que aquele desgraçado quer com ele? — estranhou Bifinho.

— Boa coisa não pode ser — resmungou Sujinho.

— Turma, vocês vão pra praça João Mendes, que depois eu passo por lá — mandou Simpa.

— O que você vai fazer? — perguntou Bifinho.

— Vou grudar neles pra ver se descubro alguma coisa. É bom a gente saber o que está acontecendo aqui no pedaço.

Dessa vez, Bifinho nem tentou contestar a decisão. Não estava com nenhuma vontade de ficar mais perto de Bigode do que já estava. Quanto mais distante, melhor.

9 ■ TUDO PARA OUVIR UMA CONVERSA

Enquanto Bifinho, Sujinho e Gorducho entravam na rua Quintino Bocaiuva, a caminho da praça João Mendes, Simpa procurava se aproximar de Fuad e de Bigode, para ouvir a conversa dos dois.

Já preparado para correr se fosse descoberto, chegou a dez passos deles. O turco gesticulava, nervoso, e de vez em quando pegava um lenço para enxugar o suor da testa. Ele, que já enrolava a língua normalmente, parecia estar ainda mais atrapalhado. Perdido por dez, perdido por cem, pensou Simpa, quase encostando os pés nos calcanhares de Fuad e Bigode.

— Afinal, o que o se... se... senhor quer de... de mim? — gaguejou o afobado comerciante.

— Calma. Vamos tomar um guaraná ali no bar, que eu explico.

— Se é di... dinheiro para a caixinha outra vez, eu não po... posso. Não po... posso mesmo. Nunca eu tive um fim de ano pior. Não estou vendendo nem para pa... pagar os empregados.

— Ah, lá vem choradeira de novo. Eu conheço muito bem isso. Vocês choram, choram, e têm filhos estudando nos Estados Unidos ou na Europa. Eu sei como é. Eu queria ganhar por mês o que vocês gastam só de condomínio naqueles prediões em que vocês moram. Deixa de ser unha de fome, Fuad. O dinheiro não é só pra mim, não. É também pro Berro e o Trinta-e-Oito. A gente se mata tomando conta das lojas de vocês e vocês não querem colaborar. Só o salário não dá, não.

— Não é assim como o senhor pe... pensa, não. Eu tenho muitas despesas. É imposto, é taxa, é conta de luz, é conta de água, é...

— Chega, chega! Se você falar mais um pouco, vou acabar lhe emprestando dinheiro. Se você tem tantas despesas, pode ter mais uma.

— Mas eu já dei aquela ca... caixinha no dia 15...

— Aquilo foi uma mixaria, homem. E o dia 15 já era, faz tempo. Hoje é dia 23, Fuad. 23! O Natal já está estourando aí e eu ainda nem comprei as castanhas. Você não vai querer que aqueles moleques da turma da catedral quebrem toda a sua loja, vai?

— Não, não. Pelo amor de Deus.

Bigode sorriu. O homem estava no papo.

— Então. Você não vai esperar que, com o impostinho que você paga, a polícia fique na porta da sua loja vinte e quatro horas por dia, não é? O único jeito, vocês sabem muito bem, é este mesmo: segurança particular. Senão, essa molecada toma conta disto tudo por aqui. Se a gente fala com eles, eles respeitam. Sabem quais são as lojas que podem e quais as que não podem atacar.

— Não era mais fá... fácil prender essas pragas? Eles estão sempre lá perto da catedral. É só ir lá...

— Prender, prender. E isso adianta? Eles são menores, homem. Você prende hoje, amanhã eles estão soltos. Dizem que eles têm a proteção de uns bacanas lá em cima. Vou ser franco. Essa molecada tem as costas quentes. Porque em toda profissão você tem os bons e os maus elementos. Na polícia também é assim. Eu fui polícia, eu sei. Noventa por cento do que esses pivetes roubam vai pra esses caras que deviam

Escondido, Simpa ouvia Fuad reclamar para Bigode:
— Mas eu já dei aquela ca... caixinha no dia 15...

estar presos, mas trabalham na polícia. Dizem que eles são maioria. Eu não acredito. O que acontece é que as coisas ruins aparecem mais do que as coisas boas.

Suspirando fundo, o turco tirou do bolso um maço de notas e o colocou na mão de Bigode.

— Aí, Fuad. Eu sabia que você não ia negar fogo — aplaudiu Bigode, embolsando rapidamente o dinheiro. Depois, parecendo preocupado, virou o rosto para trás.

Por sorte de Simpa, dois segundos antes um sujeito enorme havia passado à frente dele. Oculto pelo corpanzil, ele deu graças a Deus. Tinha escapado por pouco. Resolveu não se arriscar mais. Já sabia o bastante para confirmar suas suspeitas. Não era à toa que a gangue da Sé andava naquela folga e fazia o que lhe dava na cabeça. Ninguém mexia com eles porque estavam no esquema. Os seguranças particulares fingiam não ver nada porque eles não perturbavam os comerciantes que pagavam proteção. E os policiais corruptos davam cobertura à gangue porque ficavam com a maior parte do que eles roubavam.

Queria contar logo tudo aos outros. Na João Mendes, bem na frente da igreja de São Gonçalo, Bifinho, Sujinho e Gorducho o esperavam ansiosamente. Assim que o viram aparecer na esquina da Quintino Bocaiuva, eles se assanharam. Morriam de vontade de saber se o amigo tinha descoberto alguma coisa. Aquilo era uma das manias de Simpa. Vivia dizendo que, para combater o inimigo, a melhor tática era conhecer seu próximo passo.

Quando ele contou o que tinha visto e ouvido, Bifinho começou a dar-lhe palmadinhas no ombro:

— É, você estava certo. É por isso que todos vivem correndo atrás de nós e com eles não acontece nada.

— A gente já desconfiava que a coisa funciona desse jeito — disse Sujinho a Gorducho. — Só estava faltando a prova. Agora a gente já tem. Quem não molha a mão do Bigode e da turma dele, já viu. Eles mandam o Dentinho e a gangue dele barbarizar. Vão lá, estouram tudo, carregam o que podem, assustam os fregueses e saem na maior, porque sabem que ninguém vai ficar nem aí. O que pode é algum dono de loja mais esquentado mandar bala num. Às vezes acontece.

Enquanto essa explicação era dada ao espantado Gorducho, que parecia ter acabado de desembarcar em outro planeta, no feioso rosto de

Simpa se formou um daqueles sorrisos marotos que Bifinho e Sujinho conheciam tão bem: o chefe estava querendo aprontar alguma.

— O que você está pensando? — perguntou Bifinho, torcendo para que Simpa tivesse mesmo um plano e para que fosse um daqueles planos bem divertidos que ele costumava bolar.

— Estou aqui armando uma safadeza das boas. Mas tem um problema.

Bifinho e Sujinho arregalaram os olhos.

— Conta — pediu Sujinho.

— Que problema? — quis saber Bifinho.

— Calma, calma. Eu já chego lá. O plano é o seguinte. O turco deu dinheiro pro Bigode pra ele proteger a loja dele da gangue do Dentinho, não foi?

Gozador, Bifinho interrompeu:

— Foi. Pelo menos um tal de Simpa, você conhece?, andou falando que foi.

Simpa ameaçou fechar a cara, mas achou a piada tão boa que não aguentou. Riu também, como os outros. Depois, continuou:

— É, o tal de Simpa sabe das coisas, não é mesmo? O cara não é só simpático, não. O bicho é muito inteligente. E bonito demais. Diz que a Xuxa está gamada por ele. E a Angélica também, vive mandando recado.

Gorducho riu, mas Sujinho e Bifinho se impacientaram. Bifinho, com seu jeito de subchefe, cobrou:

— Para com essa frescura e conta logo tudo.

— Está bom, está bom. Você começa a fazer gracinha e depois não aguenta o repuxo. O plano é o seguinte. Nós vamos fazer um esparramo lá na loja do Fuad.

— Pra quê? — estranhou Bifinho, exprimindo a curiosidade de todos.

— Pra deixar mal aquele sem-vergonha do Bigode. Vocês já imaginaram a cara dele quando o Fuad chegar e disser que a gangue do Dentinho foi lá, jogou todas aquelas calças e camisas pro alto e passou a mão numa porção delas? A barra do Bigode vai pesar.

— É. Mas como a gangue do Dentinho vai entrar nessa? — perguntou Bifinho.

— Você pensa devagar demais — zombou Simpa. — Claro que a gangue do Dentinho não vai entrar nessa. A gangue do Dentinho está no esquema do Bigode. Nós é que vamos fazer o esparramo, eu já disse.

— E como é que a culpa vai cair nas costas do Dentinho?

— Você vai fazer esse serviço pra nós.

— Eu? — O espanto do Bifinho tinha atingido o ponto máximo.

— É. Você e o Sujinho.

— Eu? — Foi a vez de Sujinho se espantar.

— É. Vocês dois. E eu também. Nós três vamos aprontar pra cima do Dentinho. Até o Gorducho, se topar, pode entrar no rolo.

— Eu? — O espanto de Gorducho era maior que o espanto dos dois juntos.

— É. Vou explicar como vai ser isso. O que nós vamos usar mais vai ser isto aqui, ó — disse Simpa, apontando a garganta.

Os meninos não conheciam a palavra estupefação. Se a conhecessem, poderiam dizer que era naquilo que o espanto deles estava se transformando. Em pura estupefação. E seus olhos, que o começo da conversa tinha arregalado, estavam agora escandalosamente esbugalhados. Nenhum deles quis mais fazer perguntas. A palavra estava com o chefe. Se loucura tinha explicação, ele que a explicasse.

10 ■ POR ESSA BIGODE NÃO ESPERAVA

Simpa contou como era o plano e todos — até Gorducho, que nem conhecia o turco Fuad — concordaram que o único problema era precisarem, para encrencar Bigode, prejudicar o dono da loja. A fama dele era de boa gente. Nunca negava um trocado aos mendigos velhos que sempre andavam por lá.

— Paciência. Vai sobrar pro turco — disse Simpa. Depois, perguntou se tudo estava certo e, com voz de comando, convocou:

— Vamos.

Entraram na Quintino Bocaiuva, a caminho da rua Direita. Eram quase três horas e, debaixo de um sol fortíssimo, que ardia nas costas, eles se misturaram à multidão de pessoas que, desarvoradas como formigas, iam e vinham por todos os lados, se juntavam, se separavam, voltavam a se juntar e voltavam a se separar, correndo freneticamente de loja em loja, como se a grande compra estivesse em todas ou como se não estivesse em nenhuma.

A dez passos da loja de Fuad, Simpa fez o grupo parar e perguntou se alguém tinha alguma dúvida. Os três balançaram a cabeça: não, ninguém tinha dúvida. Só Gorducho, que fazia sua estreia, parecia preocupado. Por isso, Simpa lhe deu uns tapinhas no ombro e disse:

— Tranquilo aí, garoto. É só gritar aquilo que nós combinamos. Não precisa fazer mais nada. É mandar ver no gogó e depois dar no pé, junto com a gente.

Quando chegaram à loja, sentiram um pouco de medo. Aquilo estava lotado. Os quatro vendedores, suando muito, eram chamados, solicitados, puxados por mais de vinte fregueses que pareciam recear que, de repente, o estoque acabasse. Ao lado da caixa, ajudando a conferir os cheques e a anotar o telefone no verso, o turco Fuad, embora ainda mais suado que os seus vendedores, sorria. Se Bigode entrasse ali naquele instante, o felicíssimo dono da loja precisaria ser muito hábil para explicar que milagre fazia para conseguir tomar prejuízo vendendo quatro calças por minuto.

Simpa soltou um daqueles berros que os índios dos filmes dão, quando vão começar um ataque, e meteu o pé com vontade numa pilha de saldos logo na entrada. Tudo foi para o chão, sob o olhar espantado dos fregueses que mexiam e remexiam a montanha de calças procurando a cor mais bonita, o melhor modelo, o tamanho certo.

Fuad e os vendedores olharam aparvalhados para o lugar de onde vinha o barulho e, no meio dos histéricos gritos de socorro de algumas mulheres que tinham visto se esboroar a pilha de pechinchas, ouviram também berros de entusiasmo que acompanhavam a ruidosa queda de outros montes de calças e camisetas em vários pontos da loja:

— Boa, Dentinho. É isso aí. Derruba tudo, Dentinho. Mostra pra eles que o Bigode não manda em nós.

Quando os fregueses, os vendedores e o dono da loja perceberam que todo aquele estardalhaço era provocado por um bando de garotos, estes já estavam na calçada, correndo, cada um levando uma calça, uma camiseta, um punhado de meias, tudo pelo menor preço da cidade: a mercadoria tinha custado o que os meninos chamavam de "um susto e uma corrida".

Depois de uma fuga vertiginosa, eles, quando notaram que não estavam mais sendo perseguidos, pararam para descansar na porta de uma livraria, na rua XV de Novembro. Aí, tomaram fôlego. Gorducho, que não tinha o apelido por acaso, era o mais esbaforido dos quatro. Mas o sorriso aberto no rosto corado indicava que ele havia encarado tudo aquilo como uma grande travessura. E os outros pareciam ter a mesma opinião. Rindo, começaram a lembrar as peripécias que haviam enfrentado juntos. Foi Simpa quem falou primeiro:

— Vocês viram só a cara daquela velha gorda de vestido amarelo? Quando dei o pontapé e as calças se esparramaram no chão, ela olhou feio pra minha cara e disse assim: "Menino, que modos são esses?"

A lembrança dessa cena rendeu um minuto de gostosas gargalhadas. Os meninos se dobravam de tanto rir. Depois, foi a vez de Bifinho contar sua façanha:

— Tinha um sujeito lá no balcão, um com a cara mais vermelha do que uma melancia, que quis dar uma de bacana comigo. Ele gritou: "Ei, o que que é isto?" Aí, eu meti um bico na canela dele e falei: "É gol, você não está vendo? É gol! É gol!"

Os quatro gargalharam mais um minuto antes de Sujinho dizer:

— E o turco então? Vocês viram? O turco ouviu a nossa gritaria e começou a berrar: "Pega o Dentinho! Pega o Dentinho! Pega o desgraçado!" Quá-quá-quá.

De quá-quá-quá em quá-quá-quá eles foram relembrando como tinham virado a loja de pernas para o ar. Gorducho, modesto, limitava-se a acompanhar as histórias dos amigos. Até que Simpa se aproximou e, despenteando-lhe os cabelos, brincou:

— E você, hem, seu santinho de araque? Pensa que eu não vi como você jogou pro chão aquelas meias? Foi um bom serviço. E gostei dos seus gritos. Nesta altura, todo mundo lá na Direita sabe que quem fez o estrago foi a gangue do Dentinho...

Com o incentivo dado pelo chefe, Gorducho se animou:

— Eu derrubei as meias, mas não derrubei todas, não. Olha aqui, ó.

Meteu as mãos nos bolsos da bermuda e, quando as tirou, elas vieram cheias de pares de meias.

— Olha só, pessoal — riu Simpa. — Com um bom treino, este cara aqui vai ser melhor do que nós. Mas vamos embora, que nós estamos dando muita bandeira aqui, com esta muamba toda. Vamos ver se a gente encontra o Come-Quieto lá na São Bento.

Gorducho achou engraçado o nome:

— Come-Quieto? Que barato! Quem é ele?

— É o cara que compra os bagulhos que a gente arranja. E você acertou. Ele é um barato mesmo. Põe barato nisso. Paga sempre uma miséria. O desgraçado, sem se mexer do lugar, rouba muito mais do que a gente, que fica aí batendo perna pra todo lado. Vamos lá.

A cada momento que passava, as ruas ficavam ainda mais apinhadas. As pessoas andavam pisando umas nos calcanhares das outras. Das lojas de discos vinha o som das canções de Natal. Numa esquina, uma bandinha do Exército de Salvação tocava animadamente. Num caldeirão, na frente da banda, estava escrito o apelo: "Fazei ferver a panela do pobre". Às vezes, alguém passava e jogava uma nota ou uma moeda lá dentro. Os meninos sorriam. Sentiam-se felizes debaixo daquele sol gostoso, no meio de tanta gente, ouvindo aquelas músicas. Mas, para estragar aquela alegria, bastaria que alguém chegasse perto deles e dissesse uma só palavra: família.

11 ■ TROMBADINHAS DE CINCO PAUS A DÚZIA

De longe, Come-Quieto parecia um gigantesco balão inflado, pronto para subir. De perto, parecia um gigantesco balão inflado que não subiria nunca, nem com a ajuda de Deus e de todos os santos. Foi essa a impressão de Gorducho, desde o momento em que Simpa, Bifinho e Sujinho apontaram a massa de carne balofa que, diante da igreja de São Bento, se destacava imponentemente dos mortais comuns.

— A gente trouxe umas muambas pra você — disse Simpa. — Tudo coisa boa, tudo artigo fino, de primeira.

— Não vem com esse papo de camelô pra cima de mim, que eu não sou otário. Tenho mais de vinte anos de rua. Sou professor de malandragem. Quando vocês estavam indo, eu já vinha voltando.

— O que que é isso? Você está invocado hoje? — perguntou Bifinho.

— Não é da tua conta, moleque. Vê se não enche.

— Nossa, gente. O homem está mesmo uma fera, hem? — comentou Sujinho. — Acho melhor a gente ir fazer negócio com o Tique-Tique, lá na Liberdade. Ele paga mais e é gente fina...

— Gente fina? Gente fina? — perguntou duas vezes o pacotão de carne, com tanta raiva e tanto ímpeto que toda a sua banha se movimentou convulsivamente. Para Gorducho, que o olhava com espanto, ele parecia agora um hipopótamo derrapando numa calçada cheia de cascas de banana.

Os outros três meninos, que sempre armavam aquela provocação, só para ver o hipopótamo dançar, faziam força para não cair na gargalhada. Sabiam como Come-Quieto odiava seu concorrente, um baixinho que fazia ponto no bairro japonês e que tinha o apelido de Tique-Tique porque não parava quieto. Parecia um liquidificador. Movimentava ao mesmo tempo o pescoço, as mãos, as pernas. E piscava como se as pálpebras fossem movidas a eletricidade e estivessem permanentemente ligadas na tomada. Diziam que todo esse chacoalhamento era medo da polícia. Tique-Tique tinha sido preso mais de dez vezes.

— Gente fina? Gente fina? — perguntou de novo Come-Quieto. — Aquele cafajeste é capaz de bater na mãe por causa de um maço de cigarros.

— Também não é assim — protestou Simpa. — Ele nem fuma... O que você tem é bronca dele, Come-Quieto.

— Come-Quieto não. Meu nome não é esse, moleque. Esse pode ser o nome do seu pai. O meu, não. O meu é Róbson.

— Ih, meu Deus — suspirou Simpa. — Acho que hoje aqui não sai negócio. O homem está atacado mesmo. Nossa salvação vai ter que ser o Tique-Tique. Ele pelo menos não tem essas frescuras de querer ser Jonas, Paulo ou Bartolomeu. Vamos embora.

— Espera aí, espera aí. Vocês é que estão atacados, seus trombadinhas de cinco paus a dúzia. Se querem negócio, é comigo mesmo. O que vocês têm aí?

Simpa assumiu o comando da negociação. Conhecia bem todos os truques de Come-Quieto e sabia que ele era capaz de tudo por um bom lucrinho. Talvez não batesse na mãe por causa de um maço de cigarros, mas por um punhado de dólares ele certamente pensaria no assunto...

— Nós temos aqui só mercadorias de qualidade: calças, camisas, meias.

— Você já trabalhou como camelô, não trabalhou?

— Matou a charada em cima.

— Conheço bem esse papo. Eu comecei como camelô. Trabalhei muito tempo vendendo gilete, pente, caneta, toda essa porcariada. Até que um dia descobri que não era camelô. Era um bruta dum camelo. Camelava, camelava e não ganhava nem para o café. Aí eu joguei tudo pro alto e mudei de ramo. Valeu. Hoje eu sou isto que vocês estão vendo: um negociante.

— O pessoal por aí diz que você é um receptador... — provocou Sujinho, notando no mesmo instante o olhar de desaprovação de Simpa. Depois daquela gracinha, ia ser difícil fazer um bom negócio.

— Quero que o pessoal por aí se lasque — gritou Come-Quieto, também olhando feio para Sujinho. — Eu compro de quem quer vender e vendo pra quem quer comprar. Só isso, garotão. E vamos deixar de conversa mole, que eu não tenho tempo pra chacrinha. Vão apresentando logo os bagulhos.

Os meninos começaram a mostrar o que tinham tirado da loja do turco Fuad. Cada peça era recebida com desdém pelo astuto receptador.

— Vocês vieram me incomodar por causa disso? Isso aí não vale nada. Por que não levam tudo pra um asilo? Os velhinhos vão agradecer muito. Vai ser um belo presente de Natal...

— Ah, larga mão de brincadeira, Come-Quieto — pediu Simpa. — Não é todo dia que você põe o olho num material como este aqui. Se a gente levar lá pro Tique-Tique, acho que ele nem discute preço.

— Me admira muito vocês, uns meninos espertos, se arriscando por esses cacarecos. Cair na mão da polícia por isso aí é burrice. Roubo é coisa séria. Vocês estão brincando de roubar!

Bifinho e Sujinho, habituados às disputas entre Simpa e Come-Quieto, dividiam sua atenção entre a conversa e o movimento no viaduto Santa Ifigênia. Eram quinze para as cinco, mas o calor ainda estava forte, como se fosse meio-dia. Duas senhoras passaram arrastando penosamente os pés. Uma tirou o lencinho da bolsa e o apertou contra o rosto afogueado. Perguntou à amiga se o relógio não estava com defeito. Não era possível. Quinze para as cinco e ainda aquele sol... A outra disse que não, o relógio não estava errado. O problema era o horário de verão: não anoitecia nunca, credo.

Gorducho, que estava vendo pela primeira vez o duelo de Simpa com Come-Quieto, não tirava os olhos deles. A palavra estava agora com Simpa.

— Você fala isso pra avacalhar a nossa mercadoria, mas eu não vou entrar nessa. Ou você diz logo quanto paga por ela ou o papo fica por aqui mesmo.

— Ei, o que é isso? Você está nervoso, hem? Você nunca foi assim.

— É pegar ou largar. Quer, quer. Não quer, não quer. E pronto.

A negociação ainda se estendeu por uns dez minutos, sempre no mesmo estilo. Parecia que os dois não iam se entender nunca. Quando um sorria, o outro emburrava. Quando um dizia que sim, o outro dizia que não. Mas, quando um ameaçava se retirar, o outro não deixava. Finalmente, o acordo foi comemorado com um aperto de mão.

— Feito — disse Come-Quieto.

— Feito — disse Simpa.

Um minuto depois, os quatro meninos estavam caminhando no rumo da estação Anhangabaú do metrô.

— Vamos lá comer uns pastéis e tomar um caldo de cana — anunciou Simpa, exibindo o maço de notas que tinha recebido de Come-Quieto. — Eu patrocino tudo.

Na pastelaria, Gorducho aprendeu uma lição. Vendo que ele não punha pimenta nos pastéis, Bifinho aconselhou:

— Encharca isso aí, garoto. Pimenta é bom, faz o estômago arder. Então você toma garapa que nem doido e sua barriga fica cheia, parece que vai estourar. Aí você demora mais pra sentir fome, sacou? A gente nunca sabe quando vai ter comida outra vez. Hoje até que foi legal. Você deu sorte pra nós, Gorducho. Você é pé-quente, cara.

Saíram da pastelaria. Sujinho disse a Gorducho que iam passar em um pipoqueiro.

— A pipoca dele é um negócio. Nossa! E ele é boa gente. Faz preço especial pra nós.

Com a fome domada, os garotos ensaiaram uns passos de dança na calçada. Só Simpa estava carrancudo e não participava da brincadeira. Bifinho notou e quis saber o que era:

— Você acha que o Come-Quieto deu um chapéu em você?

— Não é isso. Estou pensando numa coisa que ele disse. Eu acho que ele tem razão. Nós estamos fazendo a coisa errada. Esse negócio de roubar é pra gente da pesada, não é pra nós. A gente devia partir pra outra. Eu estou com saudades do tempo em que vendia as coisas na rua. Era duro, mas eu não esquentava. Agora eu esquento. Eu estava achando engraçado o esparramo que nós fizemos lá no Fuad, mas agora não sei não.

— Deixa isso pra lá — aconselhou Bifinho.

— Acho que a gente precisa conversar. Nenhum de nós era ladrão antes de fugir de casa, era?

— Não. Ninguém. Quer dizer, o Gorducho eu não sei, que ele ainda não contou a vida dele direito. Mas ele também não tem jeito...

Gorducho, que estava ouvindo a conversa, balançou a cabeça. Não, nunca tinha sido ladrão.

— Então — disse Simpa. — A gente precisa falar disso. Eu posso ensinar as manhas pra vocês e a gente podia ser tudo camelô. O que vocês acham? Não é uma boa ideia?

Bifinho, Sujinho e Gorducho não tiveram tempo de responder. Sujinho, de olhos esbugalhados, estava apontando para a galeria Prestes Maia.

— Olha lá, olha lá!

— O quê? — perguntaram os outros três.

— Lá. São eles. Vamos dar no pé. Eles estão atrás da gente — berrou Sujinho.

— É. Vamos, vamos — concordou Simpa. — Se a gente se perder, depois a gente se encontra lá na São Bento. Vamos, pessoal. Pau na máquina.

Já em plena velocidade, Gorducho perguntou a Bifinho, que corria ao lado dele, o que estava acontecendo.

— É a turma da catedral! — berrou Bifinho.

Tentando manter o fôlego e acompanhar o ritmo dos amigos, Gorducho pensou na aflição da mãe, que naquela hora já devia ter voltado do trabalho, se o visse naquela encrenca, tão longe de casa e da sua proteção.

12 ■ SOCOS, PONTAPÉS E UMA VITRINE QUEBRADA

Gorducho não imaginava que fosse capaz de correr tanto. Tinha corrido muito para escapar de Bigode. Tinha corrido bastante para fugir dos vendedores da loja do turco. Mas agora sentia que estava correndo muito mais. Notou que desta vez seus amigos faziam aquilo com desespero e, sem saber direito de quem corria, correu também, como se sua vida estivesse em jogo. Já ofegantes, chegaram à praça do Correio e dobraram à esquerda, começando a subir a avenida São João.

Nesse instante, Bifinho, que ainda se mantinha ao lado de Gorducho, tropeçou e caiu como se estivesse mergulhando numa piscina. Gorducho hesitou um pouco, mas voltou para socorrer o amigo. Simpa e Sujinho, que estavam cinco passos à frente, perceberam e voltaram também.

Bifinho se levantou com dificuldade. Tinha ralado os joelhos na aterrissagem, e pelo rosto, contraído de dor, as lágrimas começaram a escorrer ligeiras.

— Dá pra continuar? — perguntou Simpa, aflito.

— Acho que sim — respondeu Bifinho, já tentando correr de novo, mas só conseguindo saltitar, como um sapo.

— Vamos, cara, vamos — incentivou Simpa. — Senão, eles pegam a gente.

Quando acabou de dizer isso, sentiu que estavam cercados. Olhou para um lado, olhou para o outro e, percebendo que não havia uma brecha, berrou:

— Agora vamos sair no braço, gente! Vamos lá!

Pela primeira vez Gorducho estava vendo a temível turma da catedral. Eram uns dez garotos, todos parecendo mais velhos e mais fortes do que eles. O mais forte de todos tinha orelhas grandes e dentes saltados. Parecia um coelho, sem a simpatia dos coelhos. Sorriu, e seus dentes ficaram ainda mais arreganhados.

— Foram vocês que estouraram a loja do turco, não foram? — perguntou, aproximando-se dos quatro meninos.

— Fomos sim. E daí? — respondeu Simpa.

— E daí? Daí que agora nós vamos massacrar vocês e eu quero ouvir vocês gritando o meu nome como vocês gritaram lá na loja. Quando a gente estourar a cabeça de vocês, quero escutar todo mundo gritando "ai, Dentinho, pelo amor de Deus, Dentinho, chega, Dentinho". Vai ser gozado. Vamos, turma, vamos acabar com essa raça. Eles achavam que a gente não ia descobrir.

Dentinho deu a ordem e foi o primeiro a avançar. Pegou Simpa pelo pescoço e o sacudiu, tentando derrubá-lo. Simpa, muito ágil, deu-lhe uma joelhada na barriga e completou com uma rasteira. Dentinho, que estava esperando uma briga fácil, de repente se viu de boca na calçada. Com o rosto cheio de ódio e de surpresa, levantou-se e saltou de novo sobre Simpa, enquanto os outros se lançavam sobre Gorducho, Bifinho e Sujinho. Eram tantos e estavam tão empenhados em liquidar logo os inimigos que um atrapalhava o outro e, às vezes, um socava o outro.

A algazarra era infernal e as pessoas, assustadas, iam abrindo espaço para os lutadores que, engalfinhados, formavam uma massa só, que se mexia para cá e para lá, que ia e vinha, que se deslocava para a direita e

— Vamos, turma, vamos acabar com essa raça — Dentinho deu a ordem e avançou em direção a Simpa.

descambava para a esquerda, que caía e se levantava, que num momento ameaçava deslizar para o meio da avenida e rolar para baixo dos carros e no momento seguinte se arremessava outra vez no rumo das lojas.

Num desses movimentos desordenados, os dez da gangue da catedral e os quatro da turma de Simpa giraram desembestados como um redemoinho, tropeçaram no degrau de uma loja e estilhaçaram estrepitosamente a vitrine. Nesse instante apareceram três homens corpulentos, que saltaram sobre os garotos e começaram a distribuir pancadas.

— Xi, sujou! São os seguranças do pedaço. Vamos embora — gritou Dentinho.

Imediatamente se iniciou a debandada. Agressores e agredidos uniram-se no esforço de escapar, perseguidos ferozmente pelos três penetras que tinham entrado na brincadeira sem ser convidados. Gorducho e Bifinho, que não devia estar sentindo mais dor, para correr como corria, fugiram por um lado. Simpa e Sujinho por outro.

Trinta minutos depois, estavam os quatro juntos no ponto de encontro. Os sinos da igreja de São Bento bateram sete horas e o sol, finalmente, parecia disposto a ir embora.

— Nossa. Foi uma sorte, hem? — comentou Simpa. — Se aqueles caras não tivessem aparecido, o Dentinho ia arrancar o couro da gente.

— Ia mesmo — concordou Bifinho. — O nosso prejuízo não foi tão grande, não é? Eu só ralei os joelhos e tomei um murro aqui no olho. E vocês?

— Eu levei uns chutes e uma pancada aqui na cara. Está inchada? — perguntou Simpa.

— Está um pouco, sim, mas você não vai ficar mais feio do que é — brincou Sujinho. — Eu estou com um dente meio mole. Me pegaram de jeito uma hora lá.

— Abre a boca, deixa eu ver — pediu Simpa. — É, te pegaram mesmo. Dá uma cuspida.

Sujinho cuspiu e a saliva saiu vermelha. Gorducho lhe pôs a mão no ombro, para consolá-lo. Sujinho então perguntou:

— E você? Tudo em ordem?

— Acho que sim. Ninguém nem me relou a mão.

— Isso é sorte de principiante — disse Simpa. — O safado do cara que era meu pai, mas não era, vivia dizendo isso. Ele também dizia que...

— Opa, opa — interrompeu Bifinho. — Falar de família não, hem? Você mesmo proibiu. Falar de família dá azar.

— É verdade. De vez em quando eu esqueço. Vamos falar de coisa séria. Nós precisamos ir pensando num bom lugar pra dormir. Tem que ser um lugar novo, senão o Dentinho acaba com a gente. Vocês já viram que ele está muito a fim.

— Como será que ele descobriu que nós armamos aquela pra ele?

— Sei lá. Só sei que agora nós precisamos tomar mais cuidado. É bom até ir pensando naquilo que eu falei. A gente podia descolar uma grana, entrar naquela de camelô e arranjar um lugar legal pra ficar, bem longe daqui. Eu ensino como é. Logo vocês estão vendendo até pente sem dente e dizendo que é especial pros carecas. O que vale é saber dar o recado aqui no gogó.

— Eu acho uma boa — disse Bifinho. — Amanhã a gente pode bolar esse plano. Mas agora o jeito é resolver onde a gente vai dormir. Vamos dar uma espiada por aí.

— Pra que lado nós vamos? — quis saber Sujinho.

Estavam assim, escolhendo o rumo que iam tomar, quando uma velhinha toda vestida de preto, andando com dificuldade, se aproximou:

— Meus filhos, vocês podem me dar uma informação? Vocês sabem onde eu posso tomar este ônibus aqui? — e colocou um papelzinho amarrotado na mão de Simpa. Parecia não enxergar bem.

— Jardim Pintassilgo? — leu Simpa. — Eu não sei, não. Vocês sabem? — perguntou aos outros três meninos.

Nenhum deles sabia. A mulher começou a se lamentar:

— Ai, meu Deus. Que horas são?

— Sete e pouco.

— Assim eu vou perder a hora do encontro do meu grupo. É às oito horas, no ponto final desse ônibus. Como é que eu vou fazer?

— A gente ajuda a senhora — decidiu Simpa. — Vamos perguntar por aí, pessoal. O nome é Jardim Pintassilgo.

13 ■ TODOS TÊM MEDO DOS GAROTOS DE RUA

Os quatro garotos viram logo que não ia ser fácil descobrir onde era o ponto do ônibus Jardim Pintassilgo. Gente a quem eles pudessem perguntar não faltava. Parecia até que todas as pessoas do mundo tinham resolvido se encontrar naquela hora ali, no largo São Bento. Mas nenhuma delas revelava disposição para atender os meninos.

No início eles imaginaram que fosse só má vontade. Chegavam perto de alguém, pediam licença, mas não conseguiam nem começar a fazer a pergunta. As pessoas mudavam logo de rumo e fingiam que não tinham ouvido. Depois eles sentiram que o problema era a pressa. Todo mundo na cidade tinha sempre pressa. Pressa para ir ao trabalho, pressa para almoçar, pressa para voltar ao escritório, pressa para terminar logo o trabalho.

Mas a pressa não terminava com o dia. Quando chegava a noite, o que aquela gente queria era estar o mais rápido possível em casa, tomar um banho, engolir um feijãozinho com arroz, ver um emocionante capítulo de novela e dormir, porque na manhã seguinte ia recomeçar a correria: ônibus lotado, metrô cheio, ruas congestionadas, calor, elevador enguiçado, bronca do chefe, ameaça de demissão.

Depois de uns cinco minutos de tentativas sem que conseguissem fazer parar um só desses apressados, os quatro perceberam que, além da pressa, as pessoas tinham medo deles. Já quase desistindo de encontrar quem não fugisse quando se aproximavam e soubesse onde era o Jardim Pintassilgo, viram que a velhinha ficava cada vez mais desesperada. Estava até pálida, o que ressaltava a pinta que tinha no rosto, parecendo um moranguinho.

— Ah, meu Deus. Acho que já perdi a hora. Não vou chegar lá nunca.

Então, finalmente, eles conseguiram cercar um senhor de uns cinquenta anos, meio lerdo e muito míope. As lentes dos seus óculos tinham uns dois centímetros de espessura. Ele ainda tentou se esquivar, mas, quando viu que não havia jeito, parou, assustado. Estava com cara de condenado à cadeira elétrica.

— O que vocês querem? Eu não tenho dinheiro. Só vou receber dia 30.

— Não é isso, tio — disse Simpa. — O senhor está apavorado por quê? A gente só quer uma informação.

— Uma informação? — Por detrás das grossas lentes, os olhinhos tentavam ansiosamente encontrar uma explicação para aquilo. Só podia ser um golpe novo.

— É, uma informação. O senhor sabe onde se pega o ônibus Jardim Pintassilgo?

— Jardim Pintassilgo? — A expressão do homem era de quem nunca tinha ouvido falar naquele nome. Mas nos olhos miúdos passou um brilho de astúcia.

— É. Jardim Pintassilgo.

— Eu sei, sim. É lá na avenida Ipiranga.

— Obrigado, tio. Valeu, hem?

— De nada. — O alívio do homem era visível. Estava salvo.

14 ■ QUEM AJUDA O PRÓXIMO TEM DEUS NO CORAÇÃO

A caminho da avenida Ipiranga, a velhinha contou a eles que estava indo à reunião de um grupo de senhoras que fazia trabalhos sociais. O encontro ia ser na Associação dos Amigos do Jardim Pintassilgo, que ela ainda não conhecia. Tinha combinado ir com as amigas, mas havia perdido a hora. Ficaria muito triste se não fosse. O trabalho do grupo era a coisa mais importante para ela.

— Nós ajudamos muito as pessoas. Gente que não tinha mais esperança hoje vive com alegria. Nós temos um curso de orientação para famílias de drogados e um de recuperação de alcoólatras.

— Recuperação do quê? — perguntou Sujinho. Pela cara dos outros três, eles também não sabiam o que era aquilo.

— Ah, desculpem. Vocês nunca ouviram essa palavra, não é?

— Não.

— Alcoólatra é bêbado. É aquele pessoal que só fica no bar, enchendo a cara. Vocês sabem, não é?

— Sabemos — disse Bifinho, passando a mão na sua cicatriz e olhando tristemente para os meninos. O diálogo tinha reavivado uma antiga tristeza. Simpa e Sujinho, que conheciam bem a sua história, sorriram para ele, como se dissessem: "Larga mão de pensar nessas coisas tristes, rapaz".

A velhinha continuou contando como funcionava o trabalho do seu grupo. Disse que ninguém lá era obrigado a dar dinheiro. Que dava quem pudesse e quanto pudesse. E perguntou se eles nunca tinham ouvido falar do grupo pelo rádio.

— Não. A gente nem tem rádio... — lastimou-se Bifinho.

— É, estou vendo que vocês são pobrezinhos. Vocês moram na rua, não é?

— Moramos — confirmou Bifinho.

— Eu não entendo como, num país rico e grande como este, acontecem coisas assim. Eu acho que os pais precisam trabalhar muito para sustentar a família e não têm tempo para cuidar dos filhos. Até as mães trabalham fora hoje, não é? E as crianças, coitadinhas, ficam largadas no mundo.

Foi a vez de Gorducho olhar tristemente para os amigos. Eles, que ainda não conheciam sua história, não perceberam nada.

— Mas eu já estou falando demais, não estou? Depois vocês vão comentar como era chata aquela vovó...

— Vovó? — disse Simpa. — A senhora é muito moça pra ser vovó. A senhora é tia, só.

— Ah, menino, você é bonzinho. Vocês todos são. Mas eu já tenho até bisneto.

Tinham saído do viaduto Santa Ifigênia e estavam entrando na rua Cásper Líbero. A mulher às vezes se queixava de dor nos pés, mas já não mostrava afobação. Parecia contente por poder falar com os meninos. Já eram sete e quarenta e o sol tinha ido embora. Finalmente o movimento começava a diminuir.

— Até bisneto, tia?

— É, até bisneto. Vocês sabem o que é bisneto, não sabem?

— Sabemos — responderam os meninos, sem muita convicção.

Assim, conversando, chegaram à avenida Ipiranga. Para evitar que as pessoas começassem a fugir de novo deles, sugeriram à velhinha que perguntasse, numa banca de jornais, onde era o ponto do Jardim Pintassilgo. Ficaram esperando na esquina. Um minuto depois, a mulher voltou, decepcionadíssima:

— O homem disse que é lá no parque Dom Pedro.

— Parque Dom Pedro? — estranharam os meninos.

— É. Foi o que ele falou.

— Não é possível — disse Simpa. — Por que a senhora não vai perguntar para aquele homem ali?

A mulher foi e voltou tão desapontada quanto na primeira vez:

— Ele falou que é no parque Dom Pedro.

— Não é possível — disseram de novo os garotos. O parque Dom Pedro era muito longe dali. Mas, depois de mais algumas perguntas, chegaram à conclusão de que era possível, sim.

— É no parque Dom Pedro mesmo. Droga — praguejou Simpa. — Aquele velho desgraçado deu a informação errada só pra se livrar de nós.

A velhinha começou a se lastimar:

— Ah, meu Deus. Agora não tem mais jeito. Eu vou perder a reunião.

Embora tivessem feito tudo para ajudar a mulher, os meninos estavam se sentindo culpados. Havia decepção no rosto de cada um deles. Gorducho parecia até que ia chorar. Acostumados a tantas derrotas, não queriam se conformar com aquela. Simpa fez então um grande lance. Seu rosto feio foi iluminado de repente por um sorriso. Ele enfiou a mão no bolso e, quando a puxou para fora, os outros pressentiram a jogada dele. Naquele dia ia ser diferente. Naquele dia eles seriam vencedores.

— Tia — chamou Simpa, chegando perto dela. — Eu quero dar um presente pra senhora.

— Presente, meu filho?

— É. Isto aqui é pra senhora — disse, pondo o dinheiro na mão da mulher.

— O que é isto, meu filho? Eu não posso aceitar não.

— Aceita, tia, por favor. É pro táxi — implorou Simpa.

— É. Aceita, tia. Aceita — pediram os outros três.

— Mas eu não posso, meus filhos, eu não posso, eu já falei — disse a velhinha, começando a chorar.

— Não chora, tia. A senhora precisa tomar o táxi logo, pra não perder a hora — recomendou Simpa.

— Mas como vocês vão ficar? Vocês têm mais dinheiro?

— Nós temos, sim, tia. Pode ficar sossegada.

— Então eu aceito. Deus sabe o que faz. Acho que foi Ele quem pôs vocês no meu caminho. Vou rezar por vocês.

— Olha. Parece que vem vindo um táxi ali. Levanta o braço, tia.

Quando o táxi parou, os garotos não se aproximaram. Não queriam assustar o motorista. Ainda chorando, a velhinha se despediu deles.

— Obrigada, meus filhos. Nunca vou esquecer isso que vocês fizeram. Espero que a gente se encontre outra vez.

— Mas como vocês vão ficar? Vocês têm mais dinheiro? — preocupava-se a mulher diante da oferta dos garotos.

Deu três passos no rumo do táxi, depois parou. Abriu a bolsa, tirou um cartãozinho dela e o entregou a Simpa. Aí entrou no carro e mandou tchauzinho para os meninos.

Eles deram tchauzinho também, até o táxi se perder no trânsito. Todos estavam com os olhos úmidos. Bifinho perguntou o que estava escrito no cartão. Simpa disse que era um número de telefone e uma frase. Esta, ele leu em voz alta, com dificuldade. Não era bom em leitura.

— Quem ajuda o próximo tem Deus no coração.

— Você mentiu pra ela, não foi? — quis saber Sujinho.

— Eu menti? — espantou-se Simpa.

— É. Quando você disse que tinha mais dinheiro no bolso.

— Menti.

Todos sorriram. Estavam felizes como se tivessem recebido um presente de Papai Noel. O chefe havia feito o que cada um deles faria, se fosse chefe.

15 ■ PODE SER MÁ UMA MULHER ASSIM?

Por um bom tempo os quatro meninos continuaram parados na avenida Ipiranga, falando da "tia". Estavam encantados. O cartão que ela havia deixado com eles ia passando de um para o outro, como se fosse o mais emocionante de todos os brinquedos. Quando um ficava com o tesouro nas mãos um pouco mais, aquele que esperava a vez reclamava:

— Vamos, cara. Você já viu demais. Assim você vai acabar gastando o papel...

De repente, uma dúvida deixou Bifinho arrepiado:

— Será que o dinheiro deu pra pagar o táxi?

Simpa tranquilizou o amigo:

— Eu acho que sim. Não manjo desse negócio de táxi, mas penso que deu e até sobrou algum para a tia tomar um lanchinho e pegar a condução de volta.

Os meninos sorriram, aliviados. Estavam imaginando a "tia" comendo um sanduichão gostoso e voltando depois com as amigas, conversando com elas no ônibus, contando tudo que eles tinham feito para ela não chegar atrasada à reunião.

Estavam curtindo essa sensação deliciosa quando Gorducho fez uma pergunta que deixou todos novamente tristes:

— Nós não sabemos o nome dela...

— É mesmo, gente! — exclamou Sujinho, batendo com a mão na testa. — Que burros que nós fomos. Nem perguntamos o nome da tia. Droga.

Ficaram um instante em silêncio, engolindo a derrota, até que Sujinho salvou a situação:

— Pode ser melhor assim.

— Melhor? — estranharam todos.

— É. Assim nós podemos imaginar o nome dela.

— Grande, garoto — aplaudiu Simpa. — Grande. Você às vezes põe essa cabeça pra funcionar.

— É — concordou Bifinho. — Essa ideia foi mesmo do balacobaco. Cada um de nós pode imaginar o nome dela.

— E assim... — começou Gorducho.

— Em vez de um nome... — continuou Simpa.

— Ela vai ter quatro — completou Sujinho.

Recuperada a alegria, os meninos começaram a escolher o nome. Empolgados com aquilo, foram andando sem rumo. Um friozinho chato havia chegado com a noite e eles já estavam com fome outra vez, mas nenhum quis falar disso aos outros. Poderia parecer que estavam arrependidos de ter dado o dinheiro à "tia".

Quando perceberam onde estavam, gelaram. Conversando e brincando, tinham ido parar bem perto da toca da onça. Mais um minuto de distração e cairiam dentro dela. Estavam na rua Benjamim Constant, a cem metros da catedral. Quase correndo, fizeram meia-volta e tomaram a direção do largo São Francisco. De lá desceram para a avenida Brigadeiro Luís Antônio, que alguns paulistanos chamam carinhosamente de Brigantônio Luisandeiro.

— Aqui já não é território do Dentinho — disse Simpa. — Vamos arranjar um cantinho legal pra dormir. Eu estou arrebentado.

Os outros concordaram. Estavam arrebentados, também. Correr era uma coisa que todo menino de rua precisava fazer diariamente, e muito bem. Mas naquele dia tinham exagerado. Para Gorducho havia sido pior ainda. Além dos quilinhos a mais, não estava acostumado a correrias. Quando alguém organizava um joguinho de futebol, na rua ou na escola, ele queria sempre ser goleiro, para poder ficar paradão lá atrás, enquanto os outros perseguiam a bola a pontapés. E, se a mãe pedia que ele fosse à farmácia ou à quitanda, o que é que o malandro fazia? Pegava a sacola, punha no guidão da bicicleta e ia ali na maior, pedalando só quando era preciso. Na descida, ia no embalo, poupando energia. Por isso, não estava entendendo como tinha conseguido correr tanto naquele dia. Aí recordou uma frase que a mãe vivia dizendo: que o medo às vezes dá asas para uma pessoa.

A imagem da mãe, que naquela hora devia estar varando a cidade à procura dele, deu um aperto no seu coração. Já achava que tinha feito besteira saindo de casa. Lembrando como a mãe afofava o travesseiro para ele, como o cobria com cuidado e como o beijava na testa antes de desejar boa-noite, ele sentiu como estava sendo injusto com aquela mulher que ficava o dia inteiro no hospital, trabalhando como uma condenada, e que no fim do mês, quando recebia aquele ordenadinho de enfermeira, vinha feliz para casa, trazendo um pacote cheio de presentes para ele.

O único problema com a mãe eram aquelas mentiras que ela contava sobre o pai dele. Às vezes, dizia que estava vivo, trabalhando numa cidade longínqua, e que qualquer dia, quando menos se esperasse, ia chegar. Aí ele ficava algum tempo agitado, sem dormir direito e levando advertências no colégio, só imaginando como seria o encontro com aquele pai que ele nunca tinha visto.

Quando essa ansiedade se tornava tão aguda que chegava a doer, a mãe lhe pedia que se acalmasse. Ele se sentia enganado, então, e armava cenas em que, depois de jogar ao chão tudo que podia, se atirava contra ela e, puxando-a pelo braço, perguntava:

— Ele está morto, não está? Fala. Ele está morto, não é? Fala. Fala.

Era nisso tudo que ele pensava quando Simpa o cutucou e disse:

— Ei, Gorducho. Ei. Vamos ficar por aqui. Parece um bom lugar.

Bifinho e Sujinho estavam rindo. Bifinho brincou:

— Se o Simpa não dá uma brecada em você, você ia em frente, hem? Nossa! Estava parecendo um robô... Qual é o grilo, meu?

— Eu estava pensando na minha mãe.

— Você já sabe que família aqui é proibido, não é? — avisou Simpa. — A gente só deixa o cara falar de família no dia em que ele chega. Hoje você pode falar. Primeiro vamos dar uma forrada aqui com esses jornais e depois, se você quiser, pode falar do seu pai, da sua mãe, do seu avô, do seu tio, de todo mundo. Mas aproveita, que é só hoje. Depois, ó, bico.

Gorducho ajudou a espalhar os jornais no chão. Cada um aprontou do melhor jeito que pôde a sua cama. Pelo sorriso de Sujinho, Bifinho e Simpa, Gorducho soube que eles já tinham dormido em lugares piores.

— Aqui está bom, não está, pessoal? Sorte que ainda não é tão tarde. Senão, os bêbados já tinham tomado conta de tudo. Mas hoje é melhor a gente caprichar naquele revezamento. Um fica sempre acordado, sabe, Gorducho? Porque, se a gente bobear, já viu.

— E hoje está bom porque tem mais um pra fazer o revezamento, não é, Simpa? — disse Bifinho.

— É verdade. É bom o Gorducho ir aprendendo essas coisas. Ele agora é da nossa turma, não é, Gorducho?

Gorducho fez que sim, com a cabeça. Mas já não estava tão convicto quanto antes. A imagem da mãe não o deixava em paz.

— O que é isso, cara? — perguntou Sujinho. — Acho que ele está com saudade da fa...

Bifinho e Simpa olharam feio para ele. Simpa pôs a mão no ombro de Gorducho:

— Se você quer contar a sua história, tudo bem. Se não, o jeito é dormir. Amanhã é bom a gente acordar cedo pra tratar daquele assunto de camelô. Você quer falar?

Sempre com a imagem da mãe no pensamento, Gorducho decidiu contar aos amigos como ela era, para ver se eles concordavam que, apesar de viver mentindo sobre o pai dele, ela era ótima. Antes de começar, ouviu um homem que passava responder a Simpa que eram nove e meia.

16 ■ JANICE PROCURA O FILHO DESESPERADAMENTE

Janice olhou para o relógio. Eram nove e meia e desde as cinco, quando havia chegado em casa, pensava que ia enlouquecer. Tinha desconfiado de que alguma coisa não estava bem quando, ao tocar a campainha, Helinho não havia aparecido. Ele sempre a esperava ansioso e, naquela tarde, a ansiedade devia ser maior, imaginava ela.

Estava uma hora atrasada, porque depois de sair do hospital onde trabalhava como enfermeira das sete da manhã às três da tarde tinha ido ao supermercado.

Não precisava de nada com urgência, mas tinha até exagerado nas compras, só para poder colocar no meio delas o precioso pacote que no dia seguinte, véspera do Natal, entregaria a Helinho. A camuflagem era necessária para manter a surpresa até o momento certo. Tinha dito ao filho que estava sem dinheiro para comprar o *walkman* tão desejado e pedido por ele e imaginava sua alegria quando, sem esperar, encontrasse debaixo da árvore o presente.

Quando abriu a porta e viu a chave do filho no chão, sentiu logo que ele a havia empurrado por baixo, depois de trancar a casa por fora. Gelada de aflição, lembrou-se das ameaças dele, de ir embora se ela não contasse a verdade sobre o pai. Ainda tentou se enganar dizendo baixinho que não, que era só imaginação dela, e para acabar com o pesadelo chamou outra vez:

— Helinho! Helinho!

E esperou a resposta até ver o papel na mesa da minúscula sala. Hesitou um pouco. Pressentia que, depois de ler o que ele dizia, não poderia mais contar com a esperança. Pegou o bilhete devagar, ainda fingiu que não estava enxergando bem e foi apanhar os óculos na bolsa. Mas antes de colocá-los já sabia o que estava escrito ali: "Mãe, fui embora. Tchau".

Saiu então alucinada e foi tocando a campainha de porta em porta, perguntando aos vizinhos se por acaso seu menino não estava lá. Perguntou aos adultos, perguntou às crianças. Perguntou na farmácia, no açougue, no bar, na quitanda. E a única notícia que recebeu foi a de que seu menino tinha sido visto pegando um ônibus, por volta das dez da manhã, na avenida. Ela amaldiçoou então o progresso do bairro, embora por ali quase só vivesse gente pobre. Por lá passavam mais de dez linhas. Algumas iam para outros bairros. Outras iam para estações do metrô. E muitas iam para o centro, com ponto final em vários lugares: parque Dom Pedro, Liberdade, praça da Bandeira. Qual dos ônibus o filho teria tomado?

Voltou para casa e começou a ligar para os plantonistas das rádios, pedindo que noticiassem o desaparecimento de Helinho. Lembrava-se da roupa que ele estava usando quando ela havia saído para o trabalho e passou a informação: bermuda azul-marinho, camiseta branca, tênis roxo, boné. Todos a atenderam bem, foram muito gentis, mas perguntavam sempre se não era cedo demais para ela se desesperar daquele jeito.

Não seria melhor esperar pelo menos vinte e quatro horas? Garotos costumavam aprontar aquelas traquinagens, mas o fôlego deles era curto. Algumas horas mais tarde estavam de volta. O dela ia voltar também, ela ia ver. Mas, em todo caso, era conveniente dar uma passada na polícia, porque a polícia controlava os hospitais e, Deus que a livrasse e a guardasse!, se por acaso alguma coisa tivesse acontecido ao menino, ela ia ficar sabendo logo.

Ela foi à delegacia, então, e estava tão transtornada que o delegado, embora habituado a dramas de todo tipo, se comoveu com aquela mulher que confessava ter toda a culpa pela fuga do filho. Tentou acalmá-la e, quando lhe prometeu fazer o possível para encontrar o menino, sentiu que pela primeira vez aquilo não soava como uma frase feita. Anotou o telefone dela e garantiu que ligaria às onze, quando se encerrava seu turno, mesmo que não houvesse nenhuma novidade. Era muito simpática, ela. E bonita.

De novo em casa, Janice fez uma vistoria na geladeira e na despensa. Queria saber se Helinho tinha pelo menos levado alguma comida. Descobriu, com o coração angustiado, que nem nos chocolates ele tinha mexido. Eram nove e meia e, para não enlouquecer enquanto esperava o telefonema do delegado às onze, ligou para o hospital onde trabalhava. Comunicou o que tinha acontecido, avisou que não ia no dia seguinte e pediu que ligassem para ela se algum menino desse entrada no pronto-socorro. Depois, telefonou também a amigas que trabalhavam em outros hospitais, fazendo a mesma recomendação.

O relógio marcava dez e quinze quando ela acabou de fazer as ligações. Faltavam quarenta e cinco minutos para o telefonema do delegado e, sentada ao lado do aparelho alugado, ela se pôs a lembrar o infeliz rumo tomado por sua vida treze anos antes, a esperança que tinha renascido um ano depois, com o nascimento de Helinho, e os tormentos enfrentados por ela desde o dia em que o filho havia começado a perguntar pelo pai.

17 ■ COMO ERA JANICE, TREZE ANOS ANTES

Janice era uma moça alegre, bonita e sonhadora. Sua família não era rica, mas ela estudava num bom colégio e todos, na cidadezinha do interior onde morava, acreditavam que ela um dia pudesse ser o que mais queria: médica. E todos acreditavam também que, se ela quisesse, poderia ser Miss Brasil. Porque seu rosto era lindo, seus olhos eram belos, sua boca era bem-feita, seus cabelos eram deslumbrantes, suas mãos eram graciosas e, além dessas, exibia outras qualidades que eram saudadas com entusiásticos assobios pelos homens, quando ela passava.

Vários rapazes da cidadezinha se colocaram à disposição da moça, oferecendo-se para levá-la ao altar. Outros se prontificaram a levá-la a lugares menos santos. Uns eram pobres, outros eram ricos, uns eram bonitos, outros feios, uns tinham muito estudo, outros não tinham nenhum, mas todos eram irremediavelmente apaixonados por ela.

Janice sorriu para todos, dançou com alguns nos animados bailinhos do clube recreativo local, foi com outros às concorridas matinês do único cinema da cidade, mas não deu a nenhum a esperança de se tornar senhora fulana ou senhora sicrana, nem outra esperança qualquer. Toda vez que lhe falavam em namoro ou casamento, ela se comportava como se fosse surda, muda ou distraída.

Alguns ressentidos chegaram a dizer que a moça não era sensível a encantos e apelos masculinos, o que era uma forma feia de sugerir outras coisas. Estava a situação nesse pé quando surgiu na cidade um homem bem falante, bem-vestido e, como logo se veria, bem-amado. Assim que desembarcou na cidade e foi visto por Janice, despertou nela um interesse nunca demonstrado por nenhum outro.

Chamava-se Solano e era vendedor de implementos agrícolas. Não devia ser competente na profissão, porque não conseguia fazer uma venda na região. Esse fraco desempenho talvez fosse motivado pelo agudo ressentimento dos homens do progressista município. Quem iria comprar alguma coisa de um desgraçado que chegava num dia e no outro já estava andando de mãos dadas com a moça mais cobiçada da cidade? Mas talvez o mau resultado pudesse ser atribuído ao próprio vendedor. A partir do momento em que a bela Janice se tornou sua acompanhante, ele nunca mais se lembrou de oferecer suas mercadorias.

Durante vários dias depois do primeiro, Janice e o forasteiro foram vistos juntos — de manhã, à tarde e à noite. De madrugada não eram vistos, mas ninguém na cidade duvidava que também de madrugada os dois estivessem juntos.

O grupo dos homens rejeitados por Janice, que reunia mais da metade da população masculina local, abriu uma campanha contra ela. Incapazes de alcançar a uva, os raposões agora fingiam desdenhá-la. Começaram a dizer que ela não era mais nem a sombra da moça bonita que tinha sido. E teriam dito até que não era mais alegre como antes, se o riso de Janice não ecoasse cada vez mais forte em todos os cantos da cidade.

Ninguém punha em dúvida que, quando voltasse para São Paulo, onde ficava a matriz da sua empresa, o felizardo levaria a beldade embora. Janice já admitia que sim, e até os pais dela, quando alguém perguntava, concordavam, com uma ressalva, indispensável para satisfazer os brios interioranos:

— Ela vai sim, mas vai casada.

A realização do grande sonho de Janice — ir embora com o vendedor de implementos agrícolas, casada ou não — parecia uma questão de tempo. Se Solano precisava, como tinha dito, estar em São Paulo até 10 de janeiro, e se não aguentava ficar mais um minuto longe dela, como jurava, o pedido devia estar próximo.

Por isso, quando Solano a convidou para jantar no melhor restaurante da cidade e perguntou se ela gostava de champanhe, Janice sentiu que aquele dia 23 de dezembro poderia ser o mais feliz e o mais emocionante de sua vida.

Preparando-se para a grande noite, ela cantarolava diante do espelho, pondo e tirando interminavelmente os dois únicos vestidos decentes que tinha e chamando a todo instante a mãe, para lhe pedir a opinião:

— O que a senhora acha? Vai o cinza ou o de bolinhas azuis?

Acabou indo com um marrom, mais sóbrio, emprestado pela mãe, apesar do leve cheiro de naftalina e embora não parecesse tão jovem com ele. O sapato de salto alto, também emprestado pela mãe, apertava um pouco na ponta e, esperando na porta do restaurante, ela torcia para que Solano chegasse logo. Não se sentia muito bem ali, com aquela roupa de cerimônia, encarada com estranheza por quem passava.

Uma hora depois, ainda parada ali, teve o pressentimento de que Solano não viria naquela noite. Mas ficou ainda uma hora esperando, sob olhares de desdém, para ter certeza de que ele não viria nunca mais — nem naquela nem em nenhuma outra noite.

Em fevereiro, ela descobriu que carregava uma semente das madrugadas loucas passadas com Solano. Em março, deixou a cidadezinha. Oficialmente, ia para São Paulo estudar medicina. Foi o que os pais, e ela mesma, disseram aos curiosos. Mas a verdade era que ia fazer um curso de enfermagem. Precisava ter uma profissão para sustentar o filho que nasceria no fim do ano.

Quando o menino já estava com cinco anos e começou a querer saber do pai, Janice pensou em dizer que ele estava morto. Já havia perdido a esperança de que Solano aparecesse. E se aparecesse? Sem saber como lidar com aquilo, ora dizia que o pai dele podia chegar a qualquer momento, quem sabe no Natal, ora não dizia nada quando o filho lhe perguntava se ele estava morto.

A revolta de Helinho ia crescendo, mas Janice nunca tinha desconfiado que ela poderia explodir tão desgraçadamente naquele 23 de dezembro, treze anos depois da amarga noite em que ela havia esperado duas horas para se descobrir tola, infeliz e rejeitada.

O relógio marcava dez para as onze. Será que o delegado ia mesmo telefonar? Achava que sim. Ele era simpático e parecia muito sensível.

18 ■ MALDITOS SEJAM OS MENINOS DE RUA

O telefone tocou no instante em que o presidente da República pegou uma condecoração reluzente, que parecia uma estrela, e ao som do Hino Nacional a colocou no peito de Bigode. Bigode ainda chegou a ver a multidão de convidados com as palmas engatilhadas e preparava-se para a consagração ensurdecedora, quando o toque estridente o fez dar um salto na cama.

Olhou para o rádiorrelógio. Eram onze horas. Cambaleando de sono, conseguiu acender a luz. O sonho de glória, o presidente, a cerimônia, o público, estava tudo dissolvido. Lá embaixo, na sala, o telefone continuava tocando. Descendo a escada, ele imaginou que, àquela hora, só podia ser engano ou trote. Diabo. Não se podia mais nem dormir sossegado naquela terra? Sempre praguejando, tropeçou num degrau. Felizmente era o último, e ele conseguiu se equilibrar. Pegou o fone e berrou:

— Alô!

— Bigode? — perguntou uma voz ansiosa, no outro lado.

— E quem você queria que fosse? A Madonna?

— Ô Bigode. Não brinca. Aqui é o Berro.

— Não estou brincando. Droga. Você me acorda numa hora destas e quer o quê? Eu ainda estou dormindo. Por que você ligou?

— Você mesmo me pediu, Bigode. Lembra?

— Não lembro de nada.

— Você me disse: Berro, se você tiver notícia daqueles moleques, ligue. Pode ser a hora que for...

— Mas não à meia-noite, homem.

— São onze e cinco, Bigode.

— Está bom, está bom. O que você descobriu?

— Eu larguei meu turno às dez e meia e saí doido de vontade de tomar uma cervejinha lá no Lídio. Quando estou na Brigadeiro, ali perto do teatro, você sabe, olho de repente pro chão e o que é que eu vejo?

— Chega de suspense barato, Berro. Já sei. Você viu os moleques. Eles ainda estão por aí?

— Estão, Bigode. Todos empilhadinhos, prontinhos pra gente...

— Quantos são?

— Quatro.

— Então são eles, acho que não tem erro. Hoje entrou um novato na gangue. Cheguei a pegar o desgraçado, mas ele me escapou. Faz o seguinte, Berro: aguenta firme aí, que eu já vou indo. Em uma hora eu chego.

— Você acha bom eu convocar o Trinta-e-Oito?

— Acho. Nós não podemos vacilar, de jeito nenhum. Precisamos tirar esses moleques de circulação. *Hoje*. Senão, a gente perde o lugar. Os comerciantes pagam a gente pra ter sossego. O que eles aprontaram hoje lá no Fuad foi muito pra minha cabeça.

— É. O turco está uma arara. Diz que paga direitinho, ainda dá caixinha e nem assim adianta nada.

— É, eu sei. Mas hoje isso vai acabar. Fica assim, então, Berro. Você chama o Trinta-e-Oito e me espera. Pede pra ele trazer a perua.

Hoje os garotos vão dar um passeio... Diz pra ele trocar a chapa, não esquece.

— Tudo bem. Até já, então.

— Até.

Praguejando de novo, Bigode subiu a escada, tomando cuidado para não tropeçar. Só faltava ele quebrar um braço ou um dente por causa daqueles moleques amaldiçoados. Tirou o pijama, pôs a roupa, apanhou o revólver e abriu a gaveta do armário. Ali, pegou quatro algemas e três capuzes (porque não podia confiar no Trinta-e-Oito, sempre descuidado).

Desceu de novo a escada e, apesar da cautela, tropeçou outra vez no último degrau. Praguejou então até chegar ao carro e praguejou enquanto dava a partida. Praguejou porque o motor estava custando a pegar e continuou praguejando depois que ele pegou. Aqueles moleques pagariam por tudo. Com o susto que iam tomar, nunca mais algum deles teria vontade de passar nem perto da praça da Sé. Quando percebessem, já estariam num lugar tão deserto e afastado que nem com mapa eles conseguiriam voltar.

O que mais irritava Bigode era que não precisaria passar por aquele transtorno todo se Dentinho não fosse tão incompetente. Naquela tarde, quando Fuad tinha ido se queixar de que a gangue da catedral havia estourado sua loja, ele saíra disposto a arrebentar Dentinho e sua turma. Como é que eles roíam a corda daquele jeito? Quando eles lhe juraram que não tinham nada com a história, ele no começo não tinha acreditado. Depois, pela descrição dos meninos que haviam entrado na loja, feita por Fuad, ele e Dentinho mataram a charada. Dentinho garantiu então que podia deixar tudo com ele: ia dar uma surra tão grande naqueles folgados que nunca mais eles iam ciscar ali pelo pedaço.

Por causa da incompetência de Dentinho, que não tinha cumprido o trato, ele era obrigado a sair agora, naquela hora da noite, para acabar com o problema. No caminho, começou a lembrar o que tinha vivido desde os vinte e cinco anos, quando, cheio de ambição, havia entrado na polícia. Entre uma recordação e outra, punha a cabeça para fora do carro e gritava:

— Malditos sejam os meninos de rua!

19 ■ COMO ERA BIGODE AO ENTRAR NA POLÍCIA

Quando entrou na polícia, Bigode já se destacava dos outros novatos. Os outros eram atentos, dedicados, ambiciosos. Bigode era diferente deles: era *muito* atento, *muito* dedicado e *muito* ambicioso. Essas qualidades logo atraíram a atenção dos chefes.

Quando eles precisavam de alguém que dedicasse as oito horas do expediente a uma investigação, convocavam os outros. Quando precisavam de algo mais, era Bigode que chamavam. Ele era reservado para as situações classificadas como podres no departamento. Suas proezas corriam de boca em boca. Um dia, permaneceu vinte horas de olho num suspeito, sem sequer parar para um lanche. Outra vez, seguindo um carro que imaginava poder levá-lo ao esconderijo de uma quadrilha, ficou três dias sem dar notícias aos superiores. Quando já o julgavam morto, ele reapareceu com uma barba de mendigo, um suor nauseabundo de 72 horas, quatro quilos a menos e todas as dicas para a prisão da gangue.

Essa disponibilidade para o trabalho era comentada com admiração pelos superiores. Quando conversavam sobre ele, as palavras dos chefes podiam variar um pouco, mas o sentido era sempre o mesmo: tratava-se de um rapaz sério, com um futuro brilhante. O problema era que os anos iam passando, os chefes iam sendo transferidos para departamentos mais importantes, os novatos se tornavam veteranos e eram promovidos, e Bigode continuava ali, no mesmo lugar, com a mesma disposição e a mesma fama: um rapaz sério, com um futuro brilhante.

Por conta dessa disposição e dessa fama, continuavam a reservar para ele os trabalhos podres do departamento, aqueles que as mais recentes safras de novatos não queriam ou não conseguiam enfrentar. Um dia, desempenhando uma dessas tarefas podres, ele prendeu um sujeito podre e recebeu uma proposta podre, igual a tantas que já lhe haviam feito em mais de dez anos de polícia. Nesse dia — lembrando-se dos colegas que tinham entrado com ele no departamento, trabalhado menos e atingido tudo que ele havia sonhado atingir —, Bigode vacilou, parou para pensar no assunto, como lhe havia proposto o bandido, e quando percebeu já era tarde: seu bolso estava abarrotado de dólares e seu preso estava livre.

Algumas semanas mais tarde, ele finalmente deixou de ser um rapaz sério com um futuro brilhante. Depois de um inquérito, seu afastamento foi decidido e Bigode entrou na extensa lista de desempregados da metrópole.

Durante meses, a única coisa que fez com regularidade foi beber. Seus olhos se avermelharam, seu rosto se tornou amargo, e os poucos amigos que conservou diziam brincando que ele parecia programa de governo: tinha envelhecido dez anos em um. Os bons tempos de polícia eram seu único assunto, e os fregueses dos bares que frequentava já nem prestavam atenção às histórias de perseguições alucinantes, de tiroteios cerrados, de capturas arriscadas.

Um dia lhe ofereceram emprego. Precisavam de um segurança para completar uma equipe que dava proteção a lojas da rua Direita e da rua Quintino Bocaiuva. Ele imaginou que não seria aceito, com seus antecedentes, mas ninguém fez caso daquilo. Investido novamente de autoridade, deixou até de beber, para ficar em forma.

Nos primeiros dias, conservou a ilusão de que faria prisões importantes e de que, perdoado, voltaria para a polícia. Andava de um lado para outro, atento, analisando rostos, farejando intenções, pressentindo suspeitos. Quando percebeu que os grandes criminosos da área não passavam de um bando de fedelhos miseráveis, caiu em aguda depressão. Voltou a beber, descuidou-se da forma física e odiou com seu ódio mais profundo aqueles pequenos ladrões aos quais sua vida agora estava ligada.

Seu primeiro impulso foi acabar com a gangue de Dentinho. Quando lhe disseram que os meninos pertenciam a um esquema e era útil mantê-los, perguntou que diabo então ele estava fazendo por lá. Humilhado com a própria inutilidade, ficava procurando bandos que não fossem de nenhum esquema e, quando descobria um, ele o perseguia como se estivesse caçando Al Capone e sua quadrilha.

Dentro do sistema, só havia uma transgressão intolerável: era a praticada contra as lojas que pagavam a segurança. Dentinho e sua gangue obedeciam a essa regra. Por isso, quando atacavam uma loja fora do esquema de proteção, nenhum segurança se importava com aquilo. Era até bom. Funcionava como propaganda. Quem estava pagando continuava querendo pagar e quem não estava tinha aquele momento de dúvida: não seria conveniente pagar também?

O sistema estava montado fazia um ano e nunca, até aquela tarde, uma loja pertencente a ele tinha sido invadida por garotos. Ser desafiado assim por um grupinho de ladrõezinhos baratos cuja especialidade era furtar chocolates, doces e frutas era demais para ele — um homem que tinha aterrorizado contrabandistas, prendido traficantes e estourado pontos de jogatina.

Por isso, perto já da avenida Brigadeiro Luís Antônio, ele esticou de novo o pescoço para fora do carro e gritou:

— Malditos meninos de rua!

20 ■ OS TRÊS ENCAPUZADOS ATACAM DE MADRUGADA

No seu turno de guarda, Simpa começou a pensar em negócios. Sempre havia gostado dessa palavra. Vender chocolates era negócio. Oferecer limões era negócio. Até pedir esmola, nas poucas vezes em que tinha feito isso, ele considerava negócio. Roubar não era negócio.

Roubar podia ser negócio para Dentinho e sua gangue. Para ele, roubar tinha sido uma travessura desde o dia em que havia descido na Sé e se juntado a Bifinho e Sujinho. Come-Quieto tinha razão. Eles brincavam de roubar: uma maçã aqui, uma laranja ali, uma pera mais adiante — tudo para matar uma fome ou uma vontade. E roubar, agora ele já sabia, não era uma brincadeira tão boa quanto negociar.

De manhã, a primeira coisa que ele queria fazer era conversar com seus amigos e passar aos três o que tinha aprendido em oito anos de negócios. Ensinaria uma porção de truques. Um deles era que algumas pessoas não compravam nada de meninos de cara alegre. E outras não compravam nada de meninos de cara triste. Depois, pensariam juntos num jeito de arranjar dinheiro para comprar uma mercadoria qualquer, limão, alho, envelopes, canetinhas. Aí, iriam para a luta das calçadas, das esquinas, dos cruzamentos.

O problema ia ser conseguir um capitalzinho para começar. Quando se lembrou do dinheiro dado à "tia" para o táxi, Simpa teve cinco segundos de arrependimento. Com aquilo eles poderiam comprar dropes às pampas — e dropes eram uma das coisas mais fáceis de vender. Mas logo o acesso de mesquinhez o aborreceu. Tinha dado o dinheiro de coração aberto e agora vinha o cérebro com essa falseta...

Talvez, pensou depois, a coisa toda pudesse se arranjar até sem capital. O Neco, um cearense baixinho que vendia giletes inglesas na rua, podia topar deixar algumas com eles, para que as vendessem na base da comissão. Mas não adiantava ficar esquentando a cabeça antes da hora. De manhã ele podia resolver aquilo tudo. Desconfiava que não ia poder contar com o Gorducho. Pelo jeito manso com que ele tinha falado da mãe ao contar sua história, não ia ficar muito tempo com eles. Talvez só aquela noite. E Sujinho também andava retraído, quem sabe pensando em Letícia.

Preocupado assim com o futuro da turma, ele nem notou que o sujeito mal-encarado já havia passado três vezes por ali. Imaginava que o único perigo era Dentinho com sua gangue — e àquela hora todos já deviam estar no segundo sono. Tranquilizado por esse pensamento, cochilou um pouco, depois abriu os olhos com preguiça, mas não os fixou em nada, e logo estava dormindo escandalosamente. Para um chefe que devia estar em plena vigília, aqueles roncos supersônicos eram um atestado de incompetência total.

Se estivesse acordado, teria percebido a perua cinza chegando e estacionando a uns cinquenta metros. Teria notado o homem musculoso descendo dela devagar e só encostando a porta, com cuidado, para não fazer barulho. Teria visto o homem mal-encarado saindo das sombras para ir cochichar com o musculoso. Teria visto também, dois minutos depois, se aproximar um carro escuro, que encostou atrás da perua. Talvez, apesar da distância e da escuridão, tivesse reconhecido Bigode como o motorista que descia do carro. Mas precisaria ser rápido, porque um minuto mais tarde ele e os outros dois homens já estavam de capuz e começavam a se mover sorrateiramente na direção dos meninos deitados.

Quando acordou, Simpa teve, por um segundo, a impressão de que estava no meio de um pesadelo. Um encapuzado segurava seu pescoço com força e dizia a ele que não resistisse nem gritasse, porque seria pior. A primeira coisa que Simpa pensou foi em pegar também o desgraçado pelo gogó. Ele ia ver como era bom aquilo!

Levantou os braços e teve uma sensação esquisita. Só podia ser mesmo um pesadelo. Parecia que seus pulsos pesavam uma tonelada e estavam imantados: moviam-se como se estivessem grudados. E estavam, como ele percebeu logo depois, assustado. Qual era mesmo o nome daquilo? Ele tinha visto, em filmes policiais, os mocinhos pondo aquela droga nos bandidos. Tinha um nome estranho. Como era mesmo? Algema, imbecil, algema, soprou irritado o cérebro, acrescentando que um cretino como aquele, que não sabia o que era algema, só merecia mesmo estar algemado.

Apesar de todo o sufoco, Simpa teve uma reação de chefe. Desafiando as mãos que o apertavam, girou o pescoço, para ver como estavam Bifinho, Sujinho e Gorducho. Bifinho e Sujinho, também algemados, olhavam apalermados para um corpulento encapuzado que os segurava sem esforço, como se fossem dois bebezinhos. E Gorducho? Gorducho só podia ser aquele menino que ia correndo lá na frente, perseguido por outro encapuzado.

Aflito, torcendo pelo amigo, Simpa notou a distância entre ele e o perseguidor diminuindo, diminuindo, e fechou os olhos para não ver Gorducho ser apanhado. Nesse instante, ele ouviu o guincho estridentíssimo de uma freada, um baque, e, quando reabriu os olhos, a primeira coisa que observou foi o encapuzado correndo de volta para onde eles estavam.

No lugar onde devia estar Gorducho, viu o que parecia ser um Santana vermelho. No momento seguinte, apertando os olhos para enxergar melhor, viu uma mulher descer do carro e se abaixar. Depois ela se ergueu e começou a agitar os braços. Logo em seguida, um fusquinha parou atrás do carro dela. O motorista saltou apressado. Ele e a mulher correram para a frente do Santana e se agacharam.

Horrorizado, Simpa percebeu que o homem e a mulher estavam carregando Gorducho para dentro do Santana. Gritou então o nome do amigo e, mal gritou, sentiu uma dor intensa na boca. Tinha levado um soco do encapuzado que o segurava. O outro, que havia perseguido Gorducho, chegou esbaforido. Sua voz pareceu familiar a Simpa:

— Sujou, pessoal. Vamos enfiar esses três na perua e cair fora. Vocês dois se encarregam deles? Eu não posso deixar meu carro aqui. É muita bandeira. Vamos, vamos. O negócio é levar essa cambada bem longe.

Os meninos tentaram resistir. Espernearam, berraram, chegaram a acertar uns pontapés nos inimigos, mas acabaram sendo arrastados para a perua cinza e jogados dentro como se fossem sacos de batata. Antes fossem. Batatas não sentiam dor. E eles estavam com os pulsos ardendo. As algemas incomodavam muito.

Enquanto o encapuzado musculoso se sentava diante do volante, outro abriu o porta-luvas e pegou uma garrafa. Depois, puxou um lenço do bolso. Os meninos sentiram um cheiro forte antes de o homem apertar o lenço contra o nariz de cada um deles. Desmaiados, não ouviram a conversa nervosa dos três encapuzados.

Aflito, torcendo pelo amigo, Simpa notou a distância entre ele e o perseguidor diminuindo, diminuindo...

— O negócio é sumir com eles — ordenou Bigode. — Levar os três pra bem longe daqui. Santos, Sorocaba, sei lá. Assim eles não voltam. Meu medo é o outro. Ele puxou o capuz e deve ter visto o meu rosto. Mas, do jeito que o carro bateu nele, não sei não.

A perua foi para um lado, Bigode para o outro. No mesmo instante, a dois quilômetros dali, um carro vermelho estacionava na frente de um pronto-socorro.

21 ■ FAZER ALGUMA COISA, ANTES QUE SEJA TARDE

Depois do ataque aos garotos, Bigode não conseguia dormir. Deitava-se, fechava os olhos, tentava relaxar, mas a imagem do menino gorducho puxando o seu capuz e arregalando os olhos, com jeito de quem estava vendo um velho conhecido, não o deixava em paz. Levantava-se, então, e ia beber um gole de conhaque, na sala. Acabava tomando dois ou três e voltava para a cama, com esperança de que o atordoamento se transformasse em esquecimento.

Novamente deitado, procurava tranquilizar-se pensando que nada podia acontecer a ele por perseguir um trombadinha que havia acabado embaixo de um carro. Tinha sido ele, por acaso, que havia atropelado o infeliz? E naquela hora era bem possível que o menino estivesse morto. Morto não fala, resmungou duas vezes, como se fosse uma fórmula mágica para chamar o sono.

Mas o que a atropeladora teria dito no boletim de ocorrência? Porque já devia haver um, naquela altura. Se a mulher tinha levado o menino a um hospital, como tudo indicava, não havia como não fazer ocorrência. E ela não ia dizer simplesmente: "Estava passando na rua com meu carro e, de repente, fui ver, o garoto tinha pulado embaixo". Ela ia contar que alguém estava correndo atrás dele.

Mas o grande problema era o menino mesmo. Era um trombadinha, claro, mas ultimamente os jornais andavam querendo histórias daquele tipo: menores de rua caçados por grupos de extermínio. Se o garoto desse com a língua nos dentes, ia ser uma encrenca daquelas.

Desceu de novo para a sala e bebeu o resto da garrafa. Achava agora que talvez tivesse sido precipitação dar a Trinta-e-Oito e a Berro a ordem de sumirem com os outros três pivetes. Eles podiam jogar os moleques numa estrada distante, mas, se os moleques folgassem com eles, podiam também... Não queria nem pensar. Se o garoto atropelado abrisse o bico, ia falar dos amigos. Então, naturalmente, algum delegadinho ia perguntar: "E onde estão os amigos dele? Precisamos ouvi-los". Aí, se os moleques não aparecessem, a coisa ia engrossar.

Atormentado por aqueles pensamentos, decidiu nem tentar mais dormir. Abriu outra garrafa, engoliu três goles grandes e, apesar da sonolência que finalmente parecia chegar, forçou-se a encontrar uma solução. Depois de uma hora de angustiada reflexão, instigado pelo álcool, já estava se considerando vítima e, como vítima, achava-se com o direito de fazer qualquer coisa para se defender. Andando pela sala, parando de vez em quando para mais um gole, resmungava:

— Não vão me pegar, não vão me pegar.

Estimulado por esse pensamento, decidiu agir logo, para ter mais chances de se livrar do enrosco. Se a mulher havia levado o menino para um hospital, o que ele tinha a fazer era descobrir qual era esse hospital, ir logo lá e dar uma prensa no garoto. Uma boa ameaça ainda era uma das coisas que mais funcionavam. Era isso que ele ia fazer. Quando tirou o pijama para pôr a calça azul e a jaqueta cinza, notou que já era dia.

22 ■ ESTE PRESENTE É PARA O MEU FILHO

Janice acordou sobressaltada. A luz da sala estava acesa, mas a primeira claridade do dia já se infiltrava pela cortina. Ela olhou para o pulso e viu, com remorso, que eram seis horas. Tinha dormido sentada na poltrona, ao lado do telefone. Havia ficado ali a noite inteira, esperando que de algum lugar da imensa cidade chegasse uma notícia do seu menino.

Às onze, o delegado havia feito a ligação prometida, só para lhe dizer que mantivesse a calma. Informação ele não tinha nenhuma. E era até bom que fosse assim, brincou ele, porque informações policiais eram quase sempre desagradáveis. Mas tinha deixado recomendação para que, se surgisse alguma novidade, ligassem para ela imediatamente.

Janice agradeceu muito e disse que poderiam ligar na hora que bem entendessem, porque ela não ia dormir. Mesmo que quisesse, não conseguiria. Era isso que ela havia garantido ao delegado. E agora, envergonhada, descobria que, apesar da aflição com a fuga do filho, tinha dormido. Devia ter sido pouco tempo, porque se lembrava de que às quatro horas ainda estava acordada, ouvindo um programa de rádio para ver se noticiavam o desaparecimento de Helinho. Mas, pouco ou muito tempo, sentia a consciência pesada. Dormir numa situação como aquela era falta de caráter.

Estava fazendo essas considerações sombrias quando o telefone tocou. Pediu a Deus que fosse uma notícia boa. Imaginou que fosse da delegacia, mas a voz do outro lado era da amiga Clara, enfermeira de um pronto-socorro no centro. Estava agitada.

— Janice, o Helinho...

— O que é que tem?

— Ele está aqui. Eu nem acreditei quando vi, meu Deus. Mas é ele, sim. Fazia tempo que eu não via o Helinho, mas é ele, eu tenho certeza. Quando você ligou ontem, eu fiquei tão arrasada. E agora...

Janice estremeceu. Tinha medo da pergunta que ia fazer, mas precisava fazê-la. Criou coragem:

— Como ele está?

— Me disseram que ele estava mal quando chegou. Foi lá pela uma da madrugada — respondeu Clara.

— E agora?

— Agora? Bom, agora...

— Diz logo, Clara. Tem piedade.

— Agora ele está melhor. Já saiu da UTI. Parece que tudo está sob controle.

— UTI? Meu Deus, ele estava na UTI?

— Estava. Ele chegou aqui em estado de choque.

— Mas o que foi que aconteceu?

— Me disseram que foi atropelamento.

— Ah, meu Deus, ah, meu Deus. Ele não falou nada até agora?

— Ele está sedado, mas fora de perigo.

— Eu vou já para aí. Pede para tratarem bem dele, Clara. Faz essa caridade. Em que quarto ele está?

— Ele estava na enfermaria, mas pedi ao dr. Isaías e ele agora foi para o 21, segundo andar. Depois você conversa com o doutor. Seu convênio acho que cobre, não é?

— Deus lhe pague, Clara. Eu estou indo. Até já.

Por sorte, pegou logo um táxi. No percurso, o motorista se condoeu daquela mulher que se esforçava para não chorar enquanto contava sua desgraça.

— Esse presente aí é para seu filho? — ele perguntou, apontando o vistoso pacote que ela trazia no colo.

— É sim. É um *walkman*. Eu disse a ele que não tinha dinheiro para comprar e estava planejando fazer uma surpresa hoje à noite, na hora da ceia de Natal. Mas não vai haver ceia. Eu... Eu... Desculpe... Não estou aguentando.

— Chorar faz bem, minha senhora. Alivia. Pode chorar à vontade, que eu não me incomodo. Seu marido já está sabendo?

— Eu... sou viúva.

— Desculpe, eu não perco esta mania de me intrometer na vida dos outros.

— Não foi nada. O senhor é muito gentil.

Quando o táxi chegou ao hospital, Janice nem esperou pelo troco do motorista. Entrou apressada no saguão, disse à sonolenta atendente que ia ao quarto 21 e correu para o elevador. Um homem de calça jeans azul e jaqueta cinza estava entrando nele. Ela correu mais ainda, mas quando tentou abrir a porta o elevador já tinha ido embora. Então, de dois em dois, Janice começou a subir os degraus.

23 ■ O QUE É QUE VOCÊ ESTÁ FAZENDO AQUI?

Sempre praguejando porque o carro se recusava a andar mais depressa e esforçando-se para não dormir ao volante, Bigode tomou o rumo do pronto-socorro mais próximo do lugar onde o menino tinha sido atropelado. Quando chegou ao hospital, sentiu a vantagem de ter ido naquela hora. Não havia nenhum movimento no saguão e ele precisou simular dois acessos de tosse para acordar a atendente.

— Pois não?

— Olhe, meu sobrinho sumiu ontem de casa e eu ouvi agora de manhã o rádio dizer que um menino tinha sido atropelado aqui no centro da cidade. Eu pensei que talvez...

— Hoje de madrugada entrou um menino atropelado, sim. Ele está no quarto 21, segundo andar.

Bigode começou a sacudir o menino com mais força até que sentiu que alguém presenciava a cena.

— Obrigado. Posso subir?

— Pode. Chegando lá, o senhor fala com a atendente de enfermagem, no balcão.

— Obrigado.

— Se for mesmo o seu sobrinho, senhor, pode ficar tranquilo. Parece que ele está bem.

No elevador, um pensamento passou rápido pelo cérebro de Bigode. E se, na hora da prensa, o garoto resolvesse gritar ou qualquer coisa assim? Será que aí teria coragem de apertar o pescoço dele e...? Era uma ideia tão horrível que ele estremeceu. O que tinha acontecido com aquele rapaz sério que um dia, tantos anos atrás, havia entrado na polícia, cheio de sonhos e ideais?

Já no corredor do segundo andar, felicitou-se pela sorte que às vezes tinha. Nem sinal de atendente no balcão. A porta do 21 estava entreaberta e, como ele imaginava, não havia ninguém no quarto com o menino. Graças a Deus, trombadinhas não têm família, pensou, antes de entrar.

O garoto dormia profundamente. Droga, resmungou Bigode. Não ia poder ficar o dia inteiro esperando Sua Excelência acordar. Precisava resolver logo aquilo. Talvez nunca mais tivesse outra oportunidade. Nervoso, deu três palmadinhas no ombro do menino e o sacudiu.

— Ei, garoto. Acorda. Ei, garoto.

Começou a sacudir o menino com mais força quando sentiu que alguém havia entrado no quarto e presenciava a cena. Assustado, Bigode procurou ocultar o rosto com as mãos. Era tarde. A mulher já o tinha visto e, espantada, com os olhos arregalados, parecia estar na frente de um fantasma.

— Você aqui? O que você está fazendo aqui? O que você ia fazer com ele? — perguntou ela, com uma voz que despertou nele recordações de dias antigos e felizes.

— Eu... Eu... — foi só o que conseguiu dizer, antes de passar pela mulher e sair para o corredor. Apressou o passo, sentindo que ela tentava alcançá-lo. Já quase correndo, começou a descer a escada. Então, com o mesmo impacto que teria um tiro de canhão numa sala fechada, ele ouviu, às suas costas:

— Solano! O que você ia fazer com ele? Ele é seu filho, Solano. Seu filho!

24 ■ AH, MEU MENINO, O QUE FIZERAM COM VOCÊ?

Com as pernas tremendo, pensando que só um pesadelo podia ter trazido assim de volta aquele fantasma de treze anos atrás, Janice caminhou para o quarto. Espantada como nunca tinha estado na vida, só sabia de uma coisa: precisava deixar de lado aquilo e concentrar-se em Helinho. Hesitou antes de entrar. Acostumada à rotina dos hospitais, sentiu que toda a sua experiência não a havia preparado para aquele momento.

A primeira impressão que teve não foi boa. Helinho estava muito pálido. Depois, aos poucos, ela se tranquilizou. A amiga Clara não tinha mentido. Apesar de alguns ferimentos nas pernas e nos braços, ele parecia estar bem. Mas o mosquitinho pousado em sua testa e o soro espetado em sua veia lhe davam um ar de extrema fragilidade e desamparo. Janice sentiu vontade de abraçá-lo, de beijá-lo e de lhe pedir perdão porque nunca havia tido firmeza no único assunto em que ele exigia isso dela.

Saiu do quarto e foi até o balcão da enfermagem. Precisou esperar um pouco pela atendente. Quando ela chegou, disse-lhe quem era e perguntou o que tinha achado o médico na última visita. Ficou ainda mais tranquila. Não tinha havido fratura nenhuma. O único problema havia sido o choque sofrido por Helinho. Quando ele acordasse, sentiria alguma dor, apesar dos sedativos, mas a maior dificuldade a superar seria o aspecto psicológico, o trauma. Era o que o médico tinha dito.

De volta ao quarto, Janice tinha começado a pensar em Solano e no motivo pelo qual ele podia ter estado lá, quando chegou Clara. Assim que viu a amiga entrar, atirou-se nos braços dela. Seria difícil dizer qual das duas chorava mais.

— Obrigada, Clara. Nunca vou esquecer o que você fez.

— Eu trabalho no primeiro andar. Mas toda hora eu vinha aqui ver o seu menino. Você falou com a Fátima?

— Falei com a atendente, lá no balcão.

— É ela. O que ela disse?

— Que tudo está bem. Parece que o médico vem daqui a dez minutos.

— É. Precisa ter um pouco de paciência. Hoje isto aqui está cheio. E a Fátima está sozinha, coitada. A outra menina não chegou até agora. Estão requisitando uma lá no terceiro andar.

Depois que Clara saiu, Janice deu mais uma boa olhada em Helinho. Murmurou:

— Ah, meu menino. O que fizeram com você? Eu juro que vou contar tudo que você quer saber sobre o seu pai. Vai doer, mas eu preciso contar. Fui uma boba. Eu sabia que isso era importante para você, mas não que era tanto assim, meu menino.

25 ■ MEU DEUS, O QUE EU FIZ DA MINHA VIDA?

Sem perceber como, Bigode atravessou o saguão e saiu do hospital. Passou pelo seu carro estacionado, sem notar, e sempre correndo chegou a um bar, três quarteirões adiante, ainda perseguido pela voz de Janice:

— Solano! O que você ia fazer com ele? Ele é seu filho, Solano. Seu filho.

Pediu um conhaque, esvaziou o cálice com um gole, pediu outro, esvaziou-o também, perguntou quanto era, pagou e quando o rapaz do balcão, impressionado com a amargura do seu rosto, lhe perguntou se estava passando mal, disse com uma voz afetada pelos primeiros soluços:

— Moço, eu destruí minha vida.

Saiu do bar, parou no orelhão na frente do hospital, discou um número e rezou para que atendessem. Precisava saber o que tinha sido feito dos outros meninos. Deus permitisse que estivessem vivos, implorou, pensando, com um arrepio que tomou todo o seu corpo, que qualquer um deles podia ser seu filho. Afinal, aquele menino todo machucado no quarto 21 não era seu filho? O telefone tocou quatro, cinco, seis vezes, antes de Berro atender, sonolento:

— Alô.

— Alô, Berro. Aqui é o Bigode.

Berro bocejou antes de perguntar:

— Isto é hora de ligar, Bigode? Tenha dó. Você não dorme, não? O que você quer?

— Quero saber o que vocês fizeram com os meninos.

— Nós fizemos o que você mandou. Pegamos os três e...

— E o quê? — Bigode tinha receio do que ia ouvir.

— Largamos no mar.

— No mar? Desgraçado! Não vai me dizer que vocês mataram...

— Matar? Não, Bigode. O que que é isso? Você disse que era só pra levar a cambada bem longe. Não foi o que você disse?

— Foi, foi — respondeu Bigode, sentindo um alívio que o fez dar graças a Deus, em voz alta.

— O que você disse? — estranhou Berro.

— Graças a Deus, graças a Deus — repetiu Bigode. — Pra onde é que vocês levaram os meninos?

— Pra Santos. Não é um bom lugar? Eles acabam gostando do mar e ficam por lá...

— Liga pro Trinta-e-Oito e vai com ele buscar essa molecada já.

— O quê? Você ficou louco?

— Não fiquei nada. Vai buscar, eu estou mandando.

— Mas ao meio-dia eu e o Trinta-e-Oito precisamos entrar no serviço, você sabe.

— Até lá dá tempo. Vai lá e traz a molecada de volta. Se precisar, pede desculpas pra eles, diz que foi um engano, oferece dinheiro, faz qualquer coisa. Se eu souber que algum deles está machucado, você e o Trinta-e-Oito vão se ver comigo.

— Bigode, você só pode estar louco. É sério o que você está dizendo?

— É. E é bom você se mandar logo e ir pegar os meninos, antes que eles sumam. Quando vocês estiverem com eles, podem me ligar para...

Bigode esticou o pescoço para fora do orelhão e olhou para a fachada do hospital. O número do telefone brilhava no luminoso vermelho. Ele o passou a Berro duas vezes, com muito cuidado, e acrescentou:

— É o número do Urgemed, o pronto-socorro onde está o garoto atropelado. Na Liberdade. Vou ficar o dia inteiro nesse número.

— Você não vai trabalhar?

— Não.

— Mas, Bigode...

— Vai, Berro, vai, eu estou dizendo. Depois eu explico tudo. Vai e traz os meninos aqui. Sem um arranhão, está entendendo? Qualquer dificuldade, me liga. Tomou nota do número? — Tornou a dizê-lo. — Vai,

Berro, vai. Se vocês vierem direto e eu não estiver no saguão, me procura no quarto 21. Vai e traz os garotos. Diz a eles que foi um engano, pede desculpas, paga um bom lanche pros três e vem com eles já. Ouviu? Já.

Bigode desligou. Depois, afastou-se do orelhão e, sem ter vergonha das pessoas que o encaravam espantadas, chorou francamente, dolorosamente, convulsivamente. Chorou forte, chorou fundo, chorou muito — e foi chorando que, um momento depois, entrou no quarto 21 para pedir perdão à mulher que treze anos antes tinha enganado sordidamente e para abraçar o filho que dez minutos antes ele nem conhecia.

26 ■ PERDÃO TALVEZ, MAS AMOR NUNCA MAIS

Bigode só entrou depois de ver, pela porta entreaberta, que o menino continuava dormindo. Receava provocar um choque no garoto. Assim que pôs os pés no quarto, Janice levantou-se bruscamente da cadeira ao lado da cama e, com uma voz que não parecia ser a dela, repetiu a pergunta que tinha feito antes:

— Solano, o que você ia fazer com ele? O que você está fazendo aqui?

Bigode pediu que ela se sentasse de novo. Puxou outra cadeira, notou com emoção que Janice estava tão linda quanto treze anos atrás e contou como, na véspera, o destino havia colocado no seu caminho aquele garoto que agora ela dizia ser seu filho. Janice, espantada, ouviu o relato e quis saber o que ele tinha feito naqueles anos todos. Ele resumiu sua história de policial frustrado. Ela então perguntou:

— Você já era da polícia naquele tempo, não era?

— Era, sim.

— Eu sempre achei um pouco estranha aquela história de vendedor. Você nunca se esforçava para vender nada...

— É. Eu estava atrás de um contrabandista que agia naquela região. Desculpe. Eu menti para você. Fui um canalha. Imagino o que você deve ter sofrido.

Duas lágrimas apareceram nos olhos de Janice. Ela pegou um lenço na bolsa.

— Sofri muito, Solano. Sabe lá o que é uma mulher grávida, sem marido e sem emprego, numa cidadezinha como aquela? Vim para cá para fugir da falação e para ver se você estava por aqui. Você disse que trabalhava em São Paulo.

— Isso era verdade.

— E seu nome, é Solano mesmo?

— É. Solano mesmo. Mas todos aqui me chamam de Bigode. O grande Bigode, perseguidor de trombadinhas e ladrões de meia-tigela...

Ele sorriu tristemente antes de perguntar:

— E como foi que você conseguiu sobreviver nesta cidade? O que você fez?

Foi a vez de Janice contar seus primeiros tempos na grande capital, o curso de enfermagem, as dificuldades para criar o filho, a revolta do menino porque ela sempre evitava falar do pai, a fuga no dia anterior.

— Coitado — lastimou Bigode. — Ele tem razão. E tudo foi minha culpa. Mas nós falamos, falamos, e eu não sei o nome dele.

— É Hélio. Helinho.

Bigode olhou para as mãos de Janice. Viu, com esperança, que nelas não havia nenhum anel.

— Você não se...? — perguntou, sem tirar os olhos das mãos dela.

— Se não me casei? — adivinhou ela. — Não, nunca tive ninguém.

— E será que nós ainda...? — começou ele, sem coragem de concluir a frase.

Ela baixou os olhos.

— Não, Solano. De jeito nenhum. Perdão eu posso até pensar. Mas nunca mais vou poder ter alguma coisa com você. Agora nem é hora de discutir isso, mas sinto que não vai dar. O que você fez comigo não se faz nem para um bicho.

Bigode não insistiu, mas intimamente se recusava a perder a esperança. Pelo filho deles, talvez os dois pudessem retomar o caminho interrompido treze anos antes. Comovido como nunca pensou que pudesse estar um dia, levantou-se e pediu a Janice:

— Vou descer agora e ficar lá no saguão. Quando ele acordar, é melhor que eu não esteja por aqui, não é? Será que você pode... Você sabe...

— Contar tudo para ele? Claro. Acho que ele vai entender, depois que eu explicar tudo direitinho. No começo vai ser um choque, mas depois...

Bigode já ia saindo quando ela acrescentou:

— Olhe, eu nunca vou impedir que vocês se encontrem.

Já embaixo, Bigode começou a dividir a atenção entre a grande porta de entrada e o balcão das recepcionistas, às quais ia perguntar, de cinco em cinco minutos, se não havia nenhuma ligação para ele. Tinha esperança de, a qualquer momento, ver entrar o grupo de meninos. Depois se desesperava e começava a resmungar, acusando Berro e Trinta-e-Oito de incompetentes.

Quando a tensão se tornou insuportável, ele resolveu tomar um conhaque. A caminho do bar, não olhou para trás. Se tivesse olhado, veria os três meninos entrando no hospital, com dois tipos muito mal-encarados.

27 ■ PODE SER, AFINAL, UMA NOITE FELIZ

Ainda meio atordoado com os sedativos, Helinho tinha ouvido a mãe contar a história que vinha cobrando fazia tanto tempo. Decepção e horror foram seus primeiros sentimentos ao saber que aquele homem que perseguia os meninos na rua era seu pai. Depois, com a habilidade que só as mães têm, Janice conseguiu aos poucos mostrar-lhe que todas as pessoas erram e merecem uma nova chance. Ela explicou que o jeito violento do pai era um reflexo dos seus fracassos e da sua profissão.

Helinho, ainda dividido entre as emoções, sem saber direito se ficava alegre ou triste, ia perguntar se o pai moraria com eles quando viu, parado na porta do quarto, aquele moleque muito sujo, acompanhado daquele garoto inacreditavelmente feio e daquele menino com uma grande marca debaixo do olho esquerdo.

— Sujinho! Simpa! Bifinho! — gritou com um entusiasmo que só não era maior porque ele se sentia fraco.

Enquanto Janice se levantava da cadeira e pedia aos meninos que entrassem, Helinho anunciou:

— Esses são os amigos que eu falei, mãe.

Acanhados no início, logo os meninos se puseram a contar o que havia acontecido com eles naquela madrugada, como tinham ido parar em Santos e como, de manhãzinha, já estavam fazendo o caminho de volta.

— A gente estava dormindo num jardim perto da praia e aí aqueles caras apareceram de novo, juraram que tinham ido ali numa boa... — começou Simpa.

— ... pediram até desculpa, compraram um lanchão gostoso pra nós... — continuou Bifinho.

— ... e trouxeram a gente — concluiu Sujinho. — Quando eles disseram que a gente vinha visitar você, ninguém acreditou. Mas parece que não era truque deles, não é?

Bifinho e Simpa reclamaram porque não tinham tido tempo nem de um banho de mar, mas Sujinho não perdeu a oportunidade de fazer um comentário:

— Graças a Deus.

Todos riram. Em seguida, Helinho desatou a falar, contando aos companheiros os últimos acontecimentos. Eles se assustaram ao saber que Bigode era o pai do amigo, mas depois concordaram que as coisas até podiam mudar. Quem sabe o homem agora não passava a agir melhor com a garotada da rua? Continuaram discutindo o assunto e logo estavam às gargalhadas, como sempre acontecia quando se juntavam.

Vendo a alegria do filho por estar com os amigos, Janice teve uma ideia:

— Atenção, crianças — pediu. — O Helinho vai ter que continuar internado e, como hoje é véspera de Natal, o que vocês acham de a gente comemorar aqui, todos juntos? Vocês vão ser os convidados do Helinho...

A felicidade dos meninos era tão intensa que por um instante não conseguiram dizer nada. Aquilo podia ser um sinal de que a sorte deles ia mudar. Naquele instante, Sujinho pensou em voltar para casa. O irmão e Letícia não mereciam isso? Bifinho imaginou se, apesar do padrasto, não era o caso de pelo menos ir um dia visitar a mãe e os Três Porquinhos. Até Simpa, o mais revoltado de todos, por um momento viu com olhos menos severos os dois malandros que o tinham explorado durante tanto tempo. Foi ele que, brincando, aceitou o convite:

— Bom, acho que a gente não tem mesmo outro compromisso, não é, pessoal?

Enquanto sua frase era saudada com gargalhadas e aplausos, Simpa tirou do bolso um cartão.

— Lembram disso? — ele perguntou.

— Hoje é véspera de Natal. O que vocês acham de a gente comemorar aqui, todos juntos? — propôs Janice.

— Claro — responderam os meninos. — É o cartão da tia.

— Se vocês e a senhora toparem, eu tenho uma sugestão.

— Fala, fala logo, diz o que é — exigiram os garotos.

— Esse telefone que tem aqui deve ser da associação da tia. Vocês não acham legal a gente fazer um convite pra ela vir aqui participar da festinha?

— Claro, claro, claro. — Os berros dos meninos foram tão fortes que uma enfermeira, sorridente, foi até a porta espiar o que estava acontecendo.

Janice perguntou quem era aquela "tia". Depois, deu uma ficha a Simpa e avisou que no saguão havia um telefone público. Antes de sair, Simpa disse a Helinho:

— Nós esquecemos de contar pra você. Lá em Santos nós escolhemos o nome da tia. Lembra que a gente estava querendo achar um?

— Lembro — disse Helinho. — E qual foi?

— Esperança — respondeu Simpa, sorrindo. — Não é um nome bonito?

— É muito — concordou Helinho.— Acho que um nome mais bonito não pode existir.

Janice então entrou na conversa:

— É lindo mesmo. Mas como será o nome verdadeiro dela? Sem saber, você não vai ter como localizar essa... tia.

Os quatro meninos se entreolharam, preocupados.

— Xi, é mesmo.

Mas Simpa logo recuperou o ânimo:

— Podem deixar. Eu vou dizer como ela é, como são os olhos dela, o seu jeitinho, os cabelos e aquela marquinha, que parece um morango, no rosto, lembram?

— Lembramos! — comemoraram os garotos. — Lembramos!

— Então. Não vai ter erro. Não existe ninguém igual à nossa tia — garantiu Simpa, já no corredor. Quando ele chegou ao saguão, lá embaixo, de algum rádio veio o som de *Noite Feliz*, a mais famosa de todas as músicas de Natal. Já com a mão no telefone, Simpa sorriu.

Bigode, que estava chegando de novo ao hospital, reconheceu o rosto feioso do menino e, aliviado, sorriu também. Para Simpa, para as pessoas que esperavam o elevador, para as recepcionistas. Sentia-se um pouco menos canalha e, apesar de tudo, ainda tinha esperança de, conquistando o amor de Helinho, recuperar pelo menos o respeito e a amizade de Janice.

Era um sonho muito grande para ele, mas aquela música e o espírito que ela evocava diziam que talvez não fosse um sonho impossível.

Você também vai gostar de ler: